MARIO HERGER
wurde 1971 in Wien geboren. Nach Beendigung seines Studiums im Jahre 1998 lebte er zuerst in Heidelberg, seit 2001 in der Nähe von San Francisco.
Als Hackbrettspieler betreibt er einige der umfangreichsten Volkstanz- und Wienerlieder-Websites (www.volkstanz.at, www.dancilla.com, www.gstanzln.com und www.wienerlieder.at) und verfasst regelmäßig Beiträge für verschiedene volkskulturelle Magazine. Auf der Website des größten deutschen Softwareherstellers führt er periodisch humoristische Weblogs unter dem Thema Humour@SAP.

Mario Herger

# Darüber lacht Wien

Witze, Anekdoten, Kurioses

UEBERREUTER

ISBN 3-8000-7162-2

Covergestaltung und -illustration: Concept 8, Christian Thomas

Druck: Druckerei Theiss GmbH, A-9431 St. Stefan i. L.
1 2 3 4 5 6 7

Ueberreuter im Internet: www.ueberreuter.at

## Geehrte Bassenatratschn, geneigter Schmähbruder, liebe Wuchteldrucker!

Geben Sie es zu! Ich seh's Ihren leuchtenden Augen und der heraushängenden Zunge an: Sie lechzen danach, sich in Erwartung der saftigsten Wiener Schmähs genüsslich in Ihrem Fauteuil, Ihrem Bürosessel oder Toilettensitz zurückzulehnen. Ihr Zwerchfell bereitet sich bereits auf eine lüstern-qualvolle Stunde voller Erschütterungen vor.
Und Ihre Nachbarn betätigen schon vorsorglich den Notruf der Wiener Polizei wegen der drohenden Lachsalven, dem ohrenzerfetzenden Schenkelklopfen und hysterischem Gekichere.
Aber glauben Sie wirklich, mir fällt nichts Besseres ein, als Ihnen Walzerseligkeit, Heurigenpartys, Graf Bobby und Rudi, die Frau Pollak, Helmut Zilk und die Kaiserin Maria Theresia auf dem Silbertablett in Witzform zu servieren? Und außerdem und sowieso noch ein paar frivole Spittelberger Gstanzln?

Also gut, soll sein.

Für dieses Schatzkisterl an Witzen, Anekdoten und Humoristischem aus Wien, über Wiener, Beute-Wiener und Wiener Würstchen bediene ich mich ungeniert aus dem Zutatenschränkchen der Geschichte und lasse auch diverse Voll-, Halb- und Leider-nein-Prominente aus längst verblichener Wiener Vergangenheit aufmarschieren und vor Ihnen Revue passieren.
Würzen werd ich das Ganze mit einem bisserl Sex, lass eine Prise Kirche herein, beleuchte das Gemisch gleichmäßig mit den Schattenseiten, aber auch den matten Leuch-

ten der Politik, knete einiges an mangelnder Intelligenz hinein und süße gehörig mit Wiener Mädeln. Ein köstlich Gericht wär's, wenn ich nicht eine Portion Musik vergessen hätt. Hab ich aber nicht und somit gibt es Wein, Weib und Gesang im Überfluss.

Wie das humoristische Backwerk schmeckt? Kosten Sie doch einfach mal:

> Ein Musikstudent sucht in Wien ein Zimmer. Bei einer älteren Frau wäre zwar noch ein Zimmer frei, sie will es ihm aber nicht geben. Die Vermieterin erklärt ihm dies so: »Wir hatten vor einem Jahr einen Musikstudenten im Zimmer. Zu unserer Tochter wurde er zuerst Bethöflich, später Mozärtlich. Eines Tages kam er mit einem Strauss Blumen, nahm unsere Tochter mit Liszt am Händel und führte sie über den Bach in die Hayden hinaus. Dort konnte er sich nicht mehr Brahmsen und nun hat sie ein kleines Mendelsöhnchen bekommen und wir wissen nicht wo Hindemith!«

Diese Begebenheit enthält komprimiert die ganze Wahrheit, die dieses Buch auf 80 Seiten entfalten wird: Liebe und Leid, Kummer und Kunst, Armut und Anmut – eben das pralle Wiener Leben.

Ich sehe, Sie beginnen zu verstehen. Tasten wir uns deshalb schrittweise an die höhere und angewandte Kunst des Wiener Humors heran.
Ich wünsche Ihnen dabei viel Vergnügen!

*Mario Herger*
Wiener mit Wohnsitz in den USA

Begeben wir uns einige hundert Jahre zurück in die Zeit Maria Theresias und besuchen dieselbe. Sie war eine große Kaiserin (auch wenn sie nie zur Kaiserin gekrönt wurde), die für ihre Zeit erstaunliche Reformvorhaben durchführte und »nebenbei« 16 Kinder zur Welt brachte. Sie selbst ist natürlich längst tot, aber es überlebten einige Anekdoten und Witze zu ihrer Person. Die folgende Schilderung macht sich über das vermeintliche Lotterleben rund um die eigentlich als sehr streng bekannte Kaiserin am Wiener Hofe lustig:

Franz I., der Gemahl Maria Theresias, war ein leidenschaftlicher, aber gleichzeitig ebenso erfolgloser Kartenspieler. Nachdem er wieder einmal eine Partie gegen Graf Wenzel Anton Kaunitz, dem Staatsmann und Berater des Kaiserhauses, mit Bomben und Granaten verloren hatte, zog er Kaunitz zu sich heran und flüsterte ihm zu: »Sagen Sie mir, lieber Graf, wie machen Sie das? Sie haben ja eine Glückssträhne, die mir schon Kopfzerbrechen bereitet. Haben Sie nicht irgendeinen Trick, den ich auch lernen könnte?«
Graf Kaunitz, dem der glücklose Franz schon leid tat, antwortete: »Schaun Sie, Eure Majestät, das ist ganz einfach. Jedes Mal, bevor ich mich zu einer Partie Karten setze, schleiche ich durch die Hofburg, und sobald ich ein hübsches Madel seh, greif ich ihr unter den Rock. Das hat mir noch immer Glück gebracht.«
Franz notierte sich diesen Trick und am nächsten Tag, als eine neue Kartenpartie bevorstand, schlich er sich in

die Gemächer seiner Gattin, der Kaiserin von Österreich, und griff ihr unter den Rock.
Diese kicherte entzückt und sprach: »Spielen S' denn heut wieder eine Partie Karten, mein lieber Kaunitz?«

Maria Theresia war sich klar darüber, dass ihr Mann Franz Stephan von Lothringen flatterhaft war und nicht der treueste Ehemann. Darum gab sie aus tiefstem Herzen einer Kammerfrau den Rat:

»Mein Kind, lass dich warnen. Heirate nie einen Mann, der nichts zu tun hat.«

Vielleicht war die nachlassende Aufmerksamkeit des Kaisers auch bei anderen Gründen zu suchen. Die Kaiserin war nicht nur wegen ihrer zahlreichen Kinder, sondern auch wegen ihres Appetits und den damit bereits im mittleren Alter hervorgerufenen Gewichtsproblemen bekannt. Ihr Hofarzt Gerard van Swieten, ein gebürtiger Holländer, der in Wien sehr viel für das Krankenwesen getan hat, setzte sie immer wieder aufs Neue auf Diät, was Maria Theresia aber nicht befolgen wollte.

Van Swieten war zu einem Mahl an die Tafel der Kaiserin eingeladen. Er wusste, dass sich die Kaiserin beim Anblick der köstlichen Speisen nicht an ihre Diät halten werde, und ließ sich von einem Diener einen mit Wasser gefüllten Kübel zur Tafel bringen. Jedes Mal, wenn die Regentin sich ein Stückchen Huhn, Gemüse, Erdäpfelsouflee und andere Köstlichkeiten auf den Teller legen ließ, nahm er eine ebenso große Portion derselben Speise und warf sie in den Kübel.
Maria Theresia, die das sah, wurde immer verwunderter

und schließlich konnte sie ihre Neugier nicht zurückhalten und fragte über die Tafel hinweg: »Mein lieber Van Swieten, will Er mir nicht erzählen, was Er da macht?« Van Swieten nickte, rief einen Diener heran und ließ den Kübel zur Kaiserin hinübertragen. Als sie hineinsah und sich von dem Gemisch etwas angeekelt abwandte, erwiderte Van Swieten: »Sehen Sie, Eure Majestät, so sieht's gerade jetzt in Ihrem Magen aus.«

Der Kaiserin hat's zwar nicht geholfen, von ihrem Übergewicht wegzukommen, aber für ihre Fähigkeiten als Regentin war es ohnehin egal:

Friedrich der Große sagte über Maria Theresia: »In Wien regiert derzeit der einzige Mann, den das Haus Habsburg hervorgebracht hat, und dieser Mann ist eine Frau.«

War Maria Theresia schon eine große Reformerin – unter anderem führte sie die allgemeine Schulpflicht ein –, so war es ihr Sohn und Nachfolger Joseph II. noch viel mehr. Er griff für damalige Zeiten zu unerhörten Mitteln, um sein Reich zu regieren. Neben Bauernmärkten und Handwerkstätten besuchte er auch die weniger beleumundeten Lokalitäten. Aus einem flog er sogar hinaus. Über dem Ausgang des Lokals »Witwe Bolte«, einem ehemaligen Bordellwirtshaus am Spittelberg, erinnert eine Inschrift daran:

»Durch dieses Thor im Bogen ist Kaiser Josef II. geflogen.«

Was den Zorn der Lokalinhaber erregte, ihn unsaft aus

dem Lokal zu entfernen, überliefert die Geschichte aber nicht. Der Spittelberg war damals eine sehr schlechte Gegend. Armut, Prostitution, zwielichtige Gestalten und lichtscheue Elemente waren Bestandteil dieses Vorortes von Wien. Fixiert und bis in die Gegenwart erhalten wurde der Ruf nicht zuletzt durch die Veröffentlichung der so genannten »Spittelberglieder« durch Friedrich Schlögl, eine Sammlung von teils äußerst derben Vierzeilern und auch am Spittelberg gesungenen Liedern.

Joseph II. versuchte viele gut gemeinte Reformvorhaben in sehr kurzer Zeit durchzubringen. Er sorgte beispielsweise für die Aufhebung der Leibeigenschaft, die Errichtung des Beamtenapparates und die Auflösung von Klöstern ohne praktisch-weltlichem Nutzen. Mit seiner zwingenden Vorschreibung, bei Bestattungen in Hinkunft nur mehr wiederverwertbare Särge mit sich nach unten öffnenden Klappen zu verwenden, überforderte er aber seine Untertanen und die Verwaltung. Die Klappsärge wurden von den Wienern nicht geliebt, wurde und wird doch großer Wert auf eine »schöne Leich« gelegt. Dem Kaiser selbst war's egal, finden die Habsburger doch in der Kapuzinergruft ihre letzte Ruhestätte.
Die vielen Reformen brachten dem Regenten viel Kritik, u. a. auch von seinen Beratern, wie sich in folgender Begebenheit zeigt:

> Als Joseph II. den Wiener Augarten für die Öffentlichkeit freigab, beschwerten sich Adelige, dass sie nicht mehr unter ihresgleichen spazieren gehen konnten.
> Joseph II. meinte dazu sarkastisch: »Meine Herren, wenn ich nur unter meinesgleichen bleiben wollte, müsste ich in der Kapuzinergruft promenieren.«

Welche Meinung schon andere Kaiser wiederum von ihren Beamten und Beratern hatten, illustriert folgende Anekdote:

Staatskanzler Fürst Metternich ist zum Vortrag bei Kaiser Franz I. Plötzlich unterbricht wüster Lärm vom Burghof herauf das Amtsgespräch. Die beiden Herren gehen ans Fenster und sehen einen Ochsen, der sich losgerissen hat und im Burghof laut brüllend herumläuft. Das Gesicht des Kaisers verzieht sich zu einem Lächeln und er sagt zu Metternich: »Das erste Rindvieh, das ohne Protektion da hereingekommen ist.«

Der 1918 zur Abdankung gezwungene (und im Jahre 2004 selig gesprochene) Kaiser Karl I. sollte in den darauffolgenden Jahren mehrmals vergeblich versuchen, die Kaiserwürde zurückzuerhalten – und wurde dadurch zum Inhalt von Witzen.

In welchem Fall tritt der Interessengegensatz zwischen der österreichischen Bevölkerung und ihrem Exkaiser Karl klar hervor?
In der Sache Krone: Die österreichische Bevölkerung ergreift die Flucht vor der Krone, Karl läuft ihr nach!

Noch während seiner kurzen, nur zwei Jahre währenden Regierungszeit wurde dem Monarchen aufgrund seiner von gutem Willen getriebenen, aber impulsiven Art der Beiname »Karl der Plötzliche« verliehen.

Karl greift zum läutenden Telefon und sagt: »Hallo? Ich ernenne Sie zum Finanzminister! Wer dort?«

Schon vorher war die angeblich mangelnde Intelligenz der Mitglieder des Herrscherhauses Ziel von Spott:

> [...] Spiele solcher und ähnlicher Art erfreuten sich in den Diskussionspausen großer Beliebtheit. Ein von Alfred Polgar erfundenes hieß »Der Erzherzog wird geprüft« und wurde von zwei Partnern gespielt.
> Der eine übernahm die Rolle eines prüfenden Geschichtsprofessors und musste sich für den hochgeborenen Prüfling eine so leichte Frage ausdenken, dass sie selbst von einem geistig zurückgebliebenen Kleinkind unmöglich falsch beantwortet werden konnte. Der Prüfling stand sodann vor der schwierigen Aufgabe, dennoch eine falsche Antwort zu geben, und der Professor vor der noch schwierigeren, diese Antwort nicht nur als richtig anzuerkennen, sondern auch zu begründen, warum sie es war. Gelang ihm das nicht, hatte er verloren.
> Musterbeispiel einer vom prüfenden Professor gewonnenen Runde:
> »Kaiserliche Hoheit, wie lange dauerte der Dreißigjährige Krieg?«
> »Sieben Jahre.«
> »Richtig! Damals wurde ja bei Nacht nicht gekämpft, womit bereits mehr als die Hälfte der Kriegszeit wegfällt. Auch an Sonn- und Feiertagen herrschte bekanntlich Waffenruhe, was abermals eine ansehnliche Summe ergibt. Und wenn wir jetzt noch die historisch belegten Unterbrechungen und Verhandlungspausen einrechnen, gelangen wir zu einer faktischen Kriegsdauer von genau sieben Jahren. Ich gratuliere!«

Die Zeiten des Adels waren mit dem Ende des Ersten Weltkrieges vorbei und es brachen für diejenigen, die über keine finanziellen Mittel oder Güter verfügten, genauso wie für alle anderen schwere Zeiten an. Für manche von ihnen war es doppelt schwer, da sie keinen Beruf erlernt hatten und Arbeit nicht gewohnt waren. Trotzdem versuchten sie, ihren Status aufrechtzuerhalten und ihre noble Herkunft nicht zu verleugnen. Nicht nur die Wiener Bevölkerung nahm sie deshalb in Witzen gerne aufs Korn.

Otto Habsburg, dem Sohn des letzten Kaisers, wird mitgeteilt, dass Ländermatch in Wien ist.
»Wer spielt denn?«
»Österreich–Ungarn.«
»Und gegen wen?«

Wir können gar nicht umhin, zwei Wiener Adelige, den Grafen Bobby und seinen Freund, den Grafen Rudi, vorzustellen. Diese beiden Musterbeispiele degenerierter Noblesse und mangelnder Gehirnsubstanz halten einerseits mit aller Kraft an ihrer Herkunft und den damit verbundenen Benimmregeln fest, andererseits fällt ihnen das in einer sich immer schneller ändernden Welt und ihren eher ärmlichen Verhältnissen nicht immer leicht. Dass sie beide mit eher bescheidenen intellektuellen Fähigkeiten gesegnet sind, legt ihnen zusätzliche Bürden auf, beschert uns aber ein paar unvergessliche Augenblicke der Komik. Und manchmal auch recht philosophische:

Graf Bobby im November 1918, vor sich eine Schale Ersatzkaffee: »Das versteh ich nicht, na, ich versteh's wirklich nicht. So eine schöne Armee ham ma g'habt. Husaren, Dragoner, die Prachtrösser! Helm! Federbusch! Pallasch! Und erst die Fahnen mit den schönen Stickereien. Die Kaiserjäger, die Hoch- und Deutschmeister!

Und die Regimentsmusik! Was für eine Gloria! Da kann man sagen, was man will: Das war die schönste Armee der Welt! Und was haben s' g'macht mit dera Armee? In Krieg haben sie s' g'schickt!«

Es war nicht leicht, sich an neue Zeiten zu gewöhnen, besonders wenn sie sich in der veränderten Gestalt der Kunst offenbarte.

Graf Bobby trifft den Rudi und schildert ihm in schönstem nasalen Schönbrunnerdeutsch: »Stell dir vor, gestern war ich in einer Ausstellung von diesem Picasso. Diese moderne Kunst, sage ich dir, die ist nichts für mich. Da waren Bilder ausgestellt mit Porträts, wo die Ohren unter der Achsel sind, die Augen sind auf der Brust, die Nase im Haar und der Mund dort, wo der Rücken seinen anständigen Namen verliert. Wie ich aus der Ausstellung raus bin, habe ich gähnen müssen. Ich hab gar net g'wusst, wo ich meine Hand hinhalten soll ...«

Generell spielen sich viele Wiener Witze in kulturellem Ambiente ab, auch wenn die Protagonisten nicht immer die geistigen Fähigkeiten haben, Kunst und Kultur zu schätzen.

Graf Bobby kommt zu Rudi und sagt: »Stell dir vor, ich habe gerade Karten gekauft. Heute spieln nämlich die Wiener Philharmoniker!«
Darauf sagt Rudi: »Allerhand, gegen wen denn?«

Zu den Philharmonikern und ihren berühmten Dirigenten werden wir später noch ein paar Mal kommen, vorerst begeben wir uns aber an einen anderen Ort, der eng verwandt mit den Wiener Philharmonikern ist: die Wiener Staatsoper. Immerhin gibt es zwischen dem Staatsopernorchester und den Philharmonikern eine nicht nur musikalisch enge Beziehung. Auch die Besucher der Staatsoper sind oft gut miteinander bekannt.

Graf Bobby betrachtet in der Staatsoper die Zuschauer mit dem Opernglas. Plötzlich sagt er: »Schau, ist das nicht die Gräfin Esterházy?«
Sagt der Rudi: »Aber die ist doch schon seit fünf Monaten tot.«
Da guckt Bobby wieder ins Opernglas und sagt: »Komisch, eben hat sie sich noch bewegt!«

Die Zeiten und Sitten ändern sich. Wähnte man sich schon in den Sechziger- und Siebzigerjahren des letzten Jahrhunderts am zu erreichenden Minimum bei der Kleidung der weiblichen Hälfte der Menschheit, sieht man sich heutzutage mit noch gewagteren nabelfreien und hautengen Tops bei den jungen Damen konfrontiert. Die Männer planen aber bereits eine Gegenoffensive, wie uns folgendes Frage-Antwort-Spiel weismachen will:

Was ist mutig?
Wenn man in die Wiener Staatsoper nur mit einer Badehose bekleidet geht.
Was ist übermütig?
Wenn man die Badehose an der Garderobe abgibt.
Was ist schlagfertig?
Wenn die Garderobenfrau fragt, ob man den Knirps auch abgeben will.

Übrigens fällt nicht nur den alten Aristokraten der Umgang mit Kultur schwer, auch den »Provinzlern« wird dies nachgesagt.

Meisl kommt aus Czernowitz in Geschäften nach Wien. Abends will er ins Burgtheater. An der Kasse fragt er:
»Nu, was spielen Sie heut?«
»›Was ihr wollt.‹«
»Guuuut! Soll sein ›Die Csárdásfürstin‹!«

So gingen die Leute eher auf Sportstätten und, war man alteingesessen aristokratisch oder ein neureicher Parvenü, sogar in die Krieau auf den Trabrennplatz zum Wetten. Konnte man es sich leisten, wettete man nicht nur auf ein Siegerpferd, sondern man schickte sein eigenes Vollblut ins Rennen.

Graf Bobby trifft den Rudi in der Krieau am Trabrennplatz. Fragt der Rudi: »Sag, was hat denn dein Rennpferd heute g'habt, es hat sich so komisch verhalten?«
Sagt der Bobby: »Ich weiß nicht, ich hab ihm nur ein bisschen Cognac eingeflösst, damit's nicht so nervös ist.«
Fragt der Rudi: »Na und, hat's geholfen?«
Sagt der Bobby: »Das nicht, aber von der ganzen Krieau war es das lustigste Pferd.«

Selbst staatstragenden Häuptern wird ein gewisses Unwohlsein mit Kultur angekreidet. So dem früheren österreichischen Bundeskanzler Leopold Figl:

Als Bundeskanzler war Figl verpflichtet, Staatsgäste in die Oper zu begleiten. Er führte sie ganz der Etikette folgende in die Loge, verabschiedete sich dann jedoch wegen dringender Staatsgeschäfte. So dringend können diese aber nicht gewesen sein, denn tatsächlich setzte er sich in ein Kaffeehaus und kam erst kurz vor Ende der Vorstellung wieder zurück ...

Leopold Figl bringt uns damit zu einem anderen beliebten Schauplatz des Wiener Humors, dem Kaffeehaus. Wien ist bekannt für diese Stätten, die, wie Alfred Polgar schrieb, ein Ort sind für »Leute, die allein sein wollen, aber dazu Gesellschaft brauchen«. Dort liegen Zeitungen aus aller Welt auf und zum Preis eines Kaffees bleibt den Gesellschaftssingles ausreichend Zeit und Muße, das Kaffeehaus als erweitertes Wohnzimmer zu gebrauchen. Man hat zwar eine Wohnung, aber dorthin geht man nur zum Schlafen. Hans Weigel meinte dazu: »Kaffeehaus verhält sich zu Wohnung wie die Liebe zu Ehe.«
So verwundert es nicht, wenn wir auch Graf Bobby und Rudi dort regelmäßig antreffen.

Graf Bobby und die Baronin von Schreckenstein sitzen im Café Schwarzenberg und lesen Zeitung. Die Baronin liest aus einem der Blätter vor: »In der jugoslawischen Stadt Krsna Mladowitcz gab es ein schweres Erdbeben.«
»So, so«, brummt Graf Bobby, »und steht auch dabei, wie die Stadt vor dem Erdbeben geheißen hat?«

Natürlich treten dramatische Begebenheiten nicht nur außerhalb, sondern auch innerhalb des Kaffeehauses selbst auf:

Graf Bobby: »Rudi, stell dir vor: Gestern sitz ich im Café Schwarzenberg, plötzlich fällt neben mir ein Mann um. Tot! Der Schlag hat ihn getroffen.«
Rudi: »Na und?«

Bobby: »Stell dir vor: Direkt neben mir!«
Rudi: »Ja ... Na und?«
Bobby: »Wie leicht hätt der mich treffen können!«

Wie rasch kann man sich übrigens im Kaffeehaus als Nichtwiener zu erkennen geben. Man braucht nur »Einen Kaffee!« bestellen und schon weiß die ganze Gesellschaft, dass man es mit einem Ausländer zu tun hat. Man geht ja auch nicht ins Internet und bestellt »Eine Software«. Es ist angeraten, in Wien mit den Kaffeearten vertraut zu sein. Gibt es doch eine ganze Fülle an Zubereitungsarten, die vom Mokka (einem kleinen starken Kaffee), zum Fiaker (einem Kaffee mit Schnaps) über den großen Braunen (Kaffee mit Milch) zur Schale Gold (Kaffee mit viel Milch) reichen. Und da sind etliche noch nicht erwähnt, die unter anderem auch Schlagobers und Eierlikör als weitere Zutaten beinhalten. Schauen wir uns an, wie man in Wien Kaffee beim Ober, dem Kellner, bestellt:

Fünf Herren kommen in ein Wiener Kaffeehaus und machen beim Ober ihre Bestellungen: Jeder will etwas anderes, etwas Besonderes, eine Extrawurst, wie man in Wien sagt.
»Ich nehme eine Schale Gold!«
»Für mich eine Teeschale braun mit Haut!«
»Eine Melange!«
»Und einen Kapuziner!«
»Tja, ich bevorzuge doch eine Melange mehr braun mit kalter Milch!«
Der Ober notiert sich die Bestellung gewissenhaft, nickt höflich, geht in die Kaffeeküche und ruft: »Fünf Kaffee!«

Der Kaffee und das obligatorische Glas Wasser dazu haben zwar in Wien einen guten Ruf, aber das scheint relativ zu sein. Die Wiener wussten das in vierzeiligen Scherzgedichten, so genannten Gstanzln, humoristisch anzuprangern:

An Kaffee, an weißen,
Nennt man a Melange,
Unser Hochquellenwasser
Is der nämliche Pantsch.

Die Ober in einem Kaffeehaus sind eine Institution. Nicht nur adeln sie den Besucher zum Stammgast, indem sie bereits nach wenigen wiederholten Besuchen den Gast erkennen und die Bestellung nur mehr durch Augenkontakt mit dem Gast und Nicken aufnehmen, sie promovieren ihre Gäste auch. Jeder Student wird automatisch zum »Herrn Doktor«, ein in Wien nicht unwichtiges Element.

In Wien wundert sich niemand, dass neben den akademischen Titeln Magister, Diplomingenieur, Doktor, ordentlicher und außerordentlicher Universitätsprofessor auch eine Unmenge an Beamtentiteln existieren (die sonstigen Honorartitel lassen wir mal beiseite). Jeder Titel lässt dabei Rückschlüsse auf Ausbildung (Akademiker, Nichtakademiker), Dienststelle (Gericht, Polizei ...) oder Zugehörigkeitsdauer zu – oder alles zugleich. So gibt es den Hofrat, Senatsrat, Amtsrat, Inspektor, Revisor, Oberrevisor, Baurat – die Liste ließe sich beliebig fortsetzen. Der »Hofrat« ist angeblich eher eine Alterserscheinung als eine Auszeichnung und es gibt ihn in zwei Ausformungen: »Hofrat« und »wirklicher Hofrat«. Der Unterschied? Der Hofrat arbeitet nichts und der wirkliche Hofrat arbeitet wirklich nichts ...

Wie wichtig Titel sind, ist aus folgender, angeblich wahrer Begebenheit zu erkennen:

> Um das Dickicht des Titelwaldes auszuholzen, wurde von höchster Stelle eine Kommission eingesetzt, die einen Vorschlag unterbreiten sollte, wie die Anzahl der insgesamt 80 Beamtentitel verringert werden kann.
> Die Kommission tagte, untersuchte, befragte und diskutierte tage-, wochen-, monatelang, schrieb aufwändige Protokolle und Berichte. Das präsentierte Ergebnis überraschte selbst die Auftraggeber: Anstelle der 80 Beamtentitel sollten 30 Titel gestrichen – und als Ersatz dafür 77 neue Titel geschaffen werden.

Kommen wir zu den Obern zurück. Richtige Ober drängen den Kaffeehausbesuchern keine weitere Konsumation auf. Sie lassen den Gast allein in Gesellschaft sein. Manchmal allerdings machen sie sich allzu rar und dann kann es zu folgendem Dialog kommen:

> »Herr Ober, was ist jetzt? Ich habe schon fünf Mal Wiener Schnitzel bestellt!«
> »Geduld – bei so großer Menge dauert es halt länger!«

In der Regel sind die Ober aber sehr wendig. Im Umgang mit dem Gast sind sie in Schlagfertigkeit geeicht.

> Im Café Central winkt ein Gast den Ober heran: »Herr Ober, kann ich zahlen?«
> Der Ober schaut den Gast etwas blasiert an und meint mit ungerührter Miene: »Na hoffentlich!«

Gab es früher in den Wiener Kaffeehäusern nur Getränke und eine beschränkte Auswahl an zumeist kleineren warmen Speisen, so bieten viele heute umfangreiche Speisekarten an. Die bodenständige und ehrliche Küche wird durch ein großes Angebot an Getränken abgerundet, das neben den vielen Kaffeearten auch mehrere Sorten von Bier, Wein und Spirituosen sowie Limonaden enthält. Beinahe jede bekannte Marke von Red Bull bis zur breiten Palette an Pago-Fruchtsäften wird offeriert. Kein Wunder, dass so mancher Ober unvorsichtig wird.

Im Kaffeehaus kommt der Ober an den Tisch und will die Bestellung aufnehmen: »Was darf's denn sein?«
Fragt der Gast: »Na was haben Sie denn?«
»Wir haben alles«, antwortet der Ober bestimmt.
»Na, dann bittschön ein Erdäpfel-Pago.«

Kaffeehäuser sind und waren auch Zufluchtsorte für Entwurzelte, für Personen, die aus ihren Heimatländern vertrieben waren und sich zeitweise um einen Ersatzort für ihre Pläne umsehen mussten. Für die meisten, die in den Wiener Kaffeehäusern landeten, war es zugleich auch der Abschied von den Plänen, sobald die erste Kaffeehausluft eingesogen wurde. Für einige wenige allerdings nicht. So war auch ein junger russischer Emigrant namens Leib Bronstein, besser bekannt unter dem Namen Leo Trotzki, Stammgast im Café Central.

Ein hoher Beamter des österreichischen Außenministeriums (andere Quellen nennen den damaligen Ober des Cafés Central) las 1917 in der Zeitung über die Russische Revolution: »Wer soll denn in Russland Revolution machen, vielleicht gar der Trotzki aus dem Central?«

Auch dem jungen Russen Nikolai Bucharin, einem kommunistischen Revolutionär und Theoretiker, waren Wien und die Kaffeehäuser Zufluchtsstätten geworden.

Die konspirative Tätigkeit im Exil führte Nikolai Bucharin an den Rand eines Nervenzusammenbruchs. Er wandte sich daraufhin an Dr. Alfred Adler, den Schöpfer der Individualpsychologie. Dieser gab ihm einen einfachen Rat: »Nehmen Sie sich doch ein Mädchen.«
Als Adler einige Zeit später seinen Patienten wieder traf, fragte er ihn: »Na und, hat das Mittel geholfen?«
Voll Begeisterung erhielt er vom Revolutionär die Antwort: »Wunderbar! Wir haben die ganze Nacht über die Kapitaltheorie von Rosa Luxemburg diskutiert!«

Viele Regierungsangehörige, Minister und auch Bundeskanzler sind im Kaffeehaus anzutreffen. Manche davon nicht unbedingt in Persona. Einer davon wurde ob seiner kleinen Körpergröße Millimeternich genannt: der Bundeskanzler und spätere austrofaschistische Diktator Engelbert Dollfuß. Über den Führer der Christlichsozialen (»schwarzen«) Partei wurden gern Witze erzählt, u. a. Folgender:

In einem Kaffeehaus bestellt ein Gast »einen Dollfuß«.
Was bekommt er?
Einen kleinen Schwarzen.

Ein Typus an Kaffeehausbesuchern ist bedauernswerterweise mit dem Holocaust (nicht nur) aus den Wiener Kaffeehäusern vertrieben worden: die Juden. Mit ihnen verschwand auch eine ganze Gattung und Kultur an Witzen, in denen Kohn und Levy, der Grün und der Blau und viele andere Originale sich über das Leben Gedanken machten:

> Kohn und Levy sitzen im Wiener Café und lesen Zeitungen.
> Sagt Kohn: »Schau: der Ätna ist ausgebrochen!«
> Levy: »Wer ist der Ätna?«
> Kohn: »Das ist ein Vulkan in Italien, der Feuer speit.«
> Levy, nachdenklich: »Ist das für uns Juden gut oder schlecht?«

Liest man die Aufsätze, Artikel und Glossen aus dieser Zeit, möchte man glauben, dass die Kaffehausbesucher allesamt Literaten oder Politiker gewesen wären. Dem ist aber nicht so: Auch die hohe Geistlichkeit traf sich dort, egal, welchem Glauben sie angehörte.

> An zwei benachbarten Tischen des alten Café Fenstergucker kamen vor dem Krieg ein Mönch aus dem nahen Kapuzinerkloster und ein Rabbiner zu sitzen.
> Der Rabbiner bestellt, mit einem maliziösen Blick auf seinen Nachbarn, einen »kleinen Kapuziner«.
> Der Kellner zum Mönch: »Und Sie, Hochwürden?«
> »Mir bringen Sie einen kleinen Rabbiner!«
> »Was ist ein kleiner Rabbiner?«
> »Nun, einfach dasselbe, nur mit ein bisschen weniger Haut.«

Im Restaurant Plachutta auf der Wollzeile kann man nicht nur ausgezeichnet speisen, nein, einige Verzweifelte treibt es dort zum letzten Mahl hinein. So berichtet zumindest Herr Moser, seines Zeichens Chefkellner bei Plachutta:

Ein Gast sitzt ganz betrübt an einem Tisch. Er bestellt eine Flasche guten Weins und ein Gulyas. Ansonsten starrt er vor sich hin und seufzt alle paar Minuten. Herr Plachutta, der Restaurantbesitzer, erbarmt sich und leistet dem Gast Gesellschaft. Er versucht mit ihm ins Gespräch zu kommen: »Nun, mein Freund, wie geht es Ihnen denn?«
Der Gast seufzt nur und schweigt weiter. Das Essen kommt, der Gast isst traurig sein Gulyas. Herr Plachutta probiert erneut ein Gespräch anzuknüpfen: »Schmeckt Ihnen das Gulyas?«
Wieder bleibt der Gast stumm, beendet sein Mahl und sieht mit gebrochenem Blick auf das volle Weinglas. Herr Plachutta kann es nicht länger mit ansehen und versucht den Gast zu provozieren. Er greift nach dem Weinglas und leert es in einem Zug. Der Gast schreckt hoch, lächelt und ruft erfreut aus: »Ich danke Ihnen! Die ganze Zeit während des Essens starre ich dieses Glas an. Ich wollte mich nämlich umbringen und habe Gift in das Glas geleert und Sie haben mich jetzt gerettet!«

Zum Glück für Herrn Plachutta ist die Geschichte erfunden. Was aber wohl der Grund für die Verzweiflung des Gastes war? Eine Frau? Misserfolg im Beruf? Wenn ja, welchen Beruf hat er ausgeübt? Abhängig vom Standort des Kaffeehauses waren die Berufe der Gäste. In den Cafés Griensteidl und Central waren die Literaten zahlreich vertreten, im Landtmann hingegen die Schauspieler des nahe gelegenen Burgtheaters:

Zu dem berühmten Wiener Schauspieler Sonnenthal setzte sich im Landtmann ein fremder aufdringlicher Kerl und bestellte beim Ober: »B-b-bringen S-sie mi-mir Kaffee!«

Hierauf Sonnenthal: »Mi-mi-mir a-auch.«
Der Fremde, entrüstet: »S-sie sind Sonnenthal, S-sie stott-tern doch g-g-gar nicht!«
»Doch«, sagte Sonnenthal, »in Wirklichkeit stottere ich auch, auf der Bühne simuliere ich bloss!«

Schon von Anbeginn galten Kaffeehäuser als Hort der Unruhe, in den Hinterzimmern wurden politische Diskurse gepflegt und die zahlreich aufliegenden Zeitungen boten ausreichend Material.
Und sei es manchmal nur, dass man sich leise über Politik unterhielt. So auch nach der Machtergreifung durch die Nationalsozialisten.

1939. Sitzen zwei Herren in Wien im Café, der erste sagt: »Hm.«
Der zweite antwortet nach langer Kunstpause: »Hm.«
Der erste nochmals: »Hm.«
Der zweite: »No, die Türken sind wir ja auch wieder losgeworden.«

Prominente Wiener – und nicht nur sie – waren massiv von antisemitischen Äußerungen betroffen, so der jüdische Kabarettist Karl Farkas, der zu dieser Zeit als Blitzdichter in diversen Wiener Kabaretts auftrat. Dabei rief ein Gast Farkas ein Wort zu und Farkas gestaltete daraus spontan ein Gedicht.

Eines Abends rief Farkas ein Zuschauer entgegen: »Judenbengel!«
Farkas war dadurch nicht aus der Fassung zu bringen. Er nahm eine Rose aus der Vase eines Tisches in der ersten Sitzreihe und sagte in die Stille des Saales:

»Das ist die Rose,
hier ist der Stengel.
Da steht der Jud,
dort sitzt der Bengel!«

Diese Besonderheit der Wiener Kaffeehäuser, das Aufliegen einer Unzahl von regionalen und internationalen Zeitungen, die in Ruhe studiert werden können, wissen die Wiener zu schätzen. Auch wenn es sich um Zeitungen handelt, die nicht jedermanns Geschmack treffen:

Der Zweite Weltkrieg ist beendet. In einem Wiener Café verlangt ein jüdischer Gast den »Völkischen Beobachter«, ein während des Zweiten Weltkriegs berüchtigtes nationalsozialistisches Parteiblatt. Der Kellner sagt ihm, dass es ihn nicht mehr gibt. Das wiederholt sich täglich. Schließlich fragt der Kellner: »Warum fragen Sie täglich neu nach ihm, wo ich Ihnen doch täglich neu sage, dass es ihn nicht mehr gibt?«
»Eben: um zu hören, dass es ihn nicht mehr gibt.«

Die Vertriebenen mussten, sofern es ihnen gelang, in den Gastländern oft neue Berufe erlernen. Ein Fall wird hier beschrieben:

Für die Massenszenen in seinem Monumentalfilm »Die Zehn Gebote« nahm Regisseur Cecil B. DeMille zahlreiche, eben erst in die USA gekommene Einwanderer als Statisten. Als einige Zeit später der Film in einem Kino in Wien-Leopoldstadt gezeigt wurde und gerade tausende Kinder Israels durch das Rote Meer pilgerten, rief plötzlich eine Stimme von hinten aus dem Publikum: »Jö, schau, Mamma! Da geht ja der Pospischil!«

Einer, der von der Vertreibung ebenso betroffen war, war der Arzt und Psychiater Sigmund Freud.

Um die Jahrhundertwende war ein Mann auf Dienstreise und befand sich in einem Zustand großer Depression. Da er gerade in Wien war und von einem jungen Arzt namens Sigmund Freud viele gute Dinge gehört hatte, begab er sich zu ihm.
Er bekam einen Termin bei Dr. Freud und dieser hörte geduldig den Ausführungen über die Depression zu. Dann sagte er: »Mein lieber Freund, das ist nichts, was man in einem Gespräch oder innerhalb weniger Tage heilen könnte. Es wird eine längere Behandlung notwendig sein.
In der Zwischenzeit aber kann ich Ihnen den Besuch des Clowns Grimaldi, der zur Zeit in Wien ein Gastspiel gibt, nur aufs Wärmste empfehlen. Wenn Sie ihn sehen, dann werden Sie sich vor Lachen nicht halten können und Ihre Depressionen verfliegen zumindest zeitweise. Warum gehen Sie also nicht zu ihm und lachen einmal herzhaft?«
»Das ist leider unmöglich, Herr Doktor Freud«, antwortete der Mann.
»Und warum nicht?«, fragte Freud.
»Weil ich der Clown Grimaldi bin.«

Der Begründer der Psychoanalyse und seine Jünger waren ein beliebtes Ziel von Witzen. Die Popularität ihrer Theorien war begleitet von großer Skepsis durch andere Wissenschaftszweige. Hier noch ein Witz mit Bezug zum Zirkus.

In den 1920er-Jahren, als der Zirkus Renz in Wien gas-

tierte, störte ein Elefant die Nachtruhe durch ständiges Trompeten und Stampfen.
»Was soll ich machen«, sagte der verzweifelte Dompteur, »der Jumbo hat eben schlechte Träume.«
»Gegen schlechte Träume gibt es nur ein Mittel«, rät man ihm, »Sie müssen den Jumbo zu Professor Freud bringen!«
Der Dompteur befolgt den Rat und erzählt am Abend im Zirkus: »Geholfen hat es, aber es war furchtbar teuer: 250 Schilling!«
»Ja, wieso denn so viel?«, wird er gefragt.
»Na ja«, antwortet er, »50 Schilling für die Ordination und 200 Schilling für eine neue Couch!«

Wir haben bereits die Titelsucht der Österreicher und im Speziellen der Wiener erwähnt. Die Universitäten bleiben davon ebenso nicht verschont. Die korrekte Anrede ist nicht nur ein Zeichen von Wissen um den Status des anderen. Bevor man eine falsche Anrede verwendet, »graduiert« man im Zweifelsfall die Person, sprich, es wird der ranghöhere Titel angewandt. Wie erwähnt, redet der Ober im Kaffeehaus den Studenten mit »Herr Doktor« an, auch wenn sich der Student erst im zweiten Semester befindet, oder der »Herr Ingenieur« wird flugs zum »Herrn Diplom-Ingenieur«. Was aber nicht passieren darf, ist Gegenteiliges, wie im Folgenden anschaulich erläutert:

Ein Rektor einer Universität wird korrekt mit »Eure Magnifizienz« angesprochen, genauso, wie man den Papst nicht als »Herr Papst«, sondern als »Eure Heiligkeit« anspricht. Das Wissen um diese formalen Dinge ist nicht unwesentlich, vor allem wenn man etwas vom Angesprochenen will.

Ein Student der Universität Wien wollte nach der Vorlesung des Rektors, der ja auch nach wie vor Professor ist und damit seiner Lehrtätigkeit nachkommt, noch eine Frage stellen. Er bemühte sich aus den Hörsaalreihen nach vorne zum Lehrpult und rief: »Ich hätte noch eine Frage, Herr Professor!«
Der solcherart Angesprochene drehte sich um und erwiderte mürrisch: »Das nächste Mal sagen Sie wohl gleich ›Franz‹ zu mir!«

Umgekehrt geht man manchmal auch in engsten Familienkreisen sehr formal miteinander um.

Der Wiener Lungenfacharzt Primarius Hellmuth Harazim erzählt von seiner Ausbildungszeit an der gynäkologischen Abteilung: Eines Tages erhielt eine junge Mutter vom Land den Besuch eines Mannes, der ihr Blumen brachte und mit dem sie angeregt plauderte, wobei aber beide das förmliche »Sie« verwendeten.
Nachher fragte Harazim: »Das kann doch nicht der Vater Ihres Kindes gewesen sein?«
»O ja, das war er schon«, antwortet die junge Mutter.
Harazim: »Und wieso sagen Sie dann nicht Du zu ihm?«
Die junge Mutter: »Ja, wissen S', Herr Doktor, so intim san ma no net!«

Auch alle noch so hohen Ehren, Titel und Amtswürden verhindern nicht, dass man den Menschen mit allen seinen Stärken und Schwächen erkennen kann. Manchmal sehr zum Nachteil der Studentenschaft, die beispielsweise die Schwäche des spöttischen Hochmuts erleben dürfen:

Ein Professor der Technischen Universität Wien legte

sich während der mündlichen Prüfung auf den Fußboden und sagte zum schwitzenden Prüfling: »Herr Kollege, wissen Sie, was ich da tu? Ich begebe mich auf Ihr Niveau!«

In Zeiten des Sparens und Gürtelengerschnallens – und wann war das jemals nicht der Fall? – müssen honorige Professoren sich in die Untiefen des Banalen begeben. Ein Institut ist zu verwalten und das mit allen anfallenden lästigen Sachen wie Urlaubsanträgen, Personalgeschichten, Gebäudeverwaltung und natürlich dem Institutsbudget.

Institut für Organische Chemie an der Technischen Universität Wien. Der Institutsvorstand sieht in seinen Unterlagen, dass wieder einmal das Budget kräftig überzogen wurde. Besonders ein Posten sticht heraus. Ein besonders teures Lösungsmittel wurde von den Dissertanten allzu großzügig eingesetzt. Trotz der vielen Appelle, sparsam damit umzugehen, hat sich die Lage nicht gebessert. Deshalb streut der Professor ein Gerücht: »Haben Sie schon gehört, Herr Kollege? In der neusten Ausgabe des Fachjournals steht, dass dieses Lösungsmittel angeblich impotent machen soll. Haben Sie's auch gelesen?«
Seither war das Budget nie wieder überzogen.

Nicht nur das Budget der Institute ist beschränkt, auch das der Eltern, die den Studierenden unter die Arme greifen. Wen verwundert es, wenn manche Eltern unter den Kosten stöhnen?

»Herr Kommerzienrat, Ihr Herr Sohn studiert in Wien? Was wird er sein, wenn er fertig ist?«
»Ich fürchte: ein alter Jude.«

In modernen Zeiten wird das Wiener Studentenleben folgendermaßen geschildert:

»Warum stehen Studenten unter der Woche um 6 Uhr auf?«
»Weil der Billa um 7 Uhr zusperrt!«

Treffen sich zwei Studenten im Park. Fragt der eine den anderen: »Du, wie spät ist es?«
Die Antwort: »Ich glaub Sommersemester.«
»Danke, aber so genau wollt ich's gar nicht wissen.«

Sind die »faulen« Studenten ein typisches Klischee, so auch der trockene Humor der Professoren.

Anlässlich des Todes seines Freundes Johann Joseph Loschmidt, des berühmten Chemikers und Physikers, dem die Wissenschaft die Loschmidt'sche Zahl verdankt (eine Zahl mit 24 Stellen, die die Anzahl der Atome pro Gramm beschreibt), hatte sein ebenso berühmter Kollege Ludwig Boltzmann die Aufgabe übernommen, im Festsaal der Wiener Universität die Trauerrede zu halten. Als Requisit hatte Boltzmann eine große, schwarze Tafel mitgebracht, auf der eine ziemlich hohe Zahl geschrieben stand. Gegen Ende seiner Rede hob er mit viel Pathos diese Tafel in die Höhe und sagte:
»Durch deine Forschungen ist es uns möglich geworden, auszurechnen, in wie viele Atome du, Loschmidt, zerfällst. Das habe ich, dich zu ehren, auf dieser Tafel vermerkt.«

Vom trockenen Humor zum weltfremden, schrulligen, zerstreuten Professor ist es oft nicht weit: Oft sorgen die bekannt gewordenen Forschungsthemen, die entweder nicht zu verstehen sind oder scheinbar triviale Fragestellungen haben, für Kopfschütteln bei der Bevölkerung und sind oftmals Anlass für Diskussionen um die Sinnhaftigkeit der Forschung überhaupt.

> In Wien startet ein Forschungsprojekt. Die besten Wissenschaftler wollen herausfinden, wohin das Licht verschwindet, wenn man es ausschaltet. Die Wissenschaftler befinden sich in einem fensterlosen Raum, als von 10 heruntergezählt wird. Bei 0 wird das Licht ausgeschaltet. Alle beginnen fieberhaft, das Licht zu suchen. Plötzlich kommt einer aufgeregt angerannt und schreit: »I hob's g'fundn! Im Kühlschrank is's.«

Wissenschaft und Technik sind immer eng miteinander verbunden gewesen. Schon in den Gründungszeiten der Technischen Hochschule in Wien, der späteren Technischen Universität, war die gegenseitige Befruchtung gegeben. Neue Technologien fanden Verwendung in Bauten und Verkehr, umgekehrt wurden die Erkenntnisse aus der Praxis in die Lehre und weitere Forschung eingebunden. So auch im öffentlichen Verkehrswesen, auf das die Wiener sehr stolz sind, selbst wenn sie immer einen Anlass finden, darüber zu nörgeln. Neben Buslinien, Tramway, Schnellbahn und U-Bahn gab es auch die Stadtbahn, die heutige U-Bahn-Linie U6. Die entlang des Gürtels fahrende Stadtbahn wurde im Mai 1898 feierlich von Kaiser Franz Joseph eröffnet und gelobt. Allerdings vermutlich weniger wegen deren technischen Stand, sondern vielmehr wegen der von Otto Wagner künstlerisch gestalteten und auch noch heute in Verwendung befindlichen Stationen. In anderen Städten wie Berlin und London war Elektifizierung bereits gang und gäbe. Die Wiener Stadtbahn dagegen fuhr mit Dampf – und war damit schon wieder technisch veraltet. Die Wiener nahmen's mit Humor:

»Warum machen S' denn ein so trauriges G'sicht?«
»Mir ist aus dem Schnellzug der Stadtbahn während der Fahrt mein Hut, mein Stock und meine Brille aus dem Waggon g'falln!«
»Na, und?«
»Und ich hab nur den Stock und die Brille aufheben können!«

Schon damals kursierte wegen ebendieser Stadtbahn folgender Witz:

»Wie ist denn der Pollatschek so plötzlich taub worden?«
»Der hat eine halbe Stund' sein Wohnungsfenster am Gürtel offen g'habt!«

Das kann einem auch heute noch passieren, ist doch der Wiener Gürtel eine der meistbefahrenen Straßen Österreichs, auf der sich der Verkehr jeweils drei- bis vierspurig in zwei Richtungen wälzt.
Die U-Bahn ist der Schauplatz für einen der kürzesten Witze, die man in Wien kennt, vor allem unter dem Blickwinkel der regelmäßigen Debatten zu den Anschaffungskosten für Politikerdienstwagen:

Treffen sich zwei Politiker in der U-Bahn.

Die Straßenbahn, in Wien auch liebevoll »Bim« genannt, eignet sich hervorragend für Gesellschaftsstudien.

In der Straßenbahn sitzen sich zwei ältere Herren gegenüber. Plötzlich massiert sich der eine Herr ganz verlegen mit den Worten »Jetzt ist mir mein Fuß eingeschlafen« das linke Bein.
Meint sein Gegenüber: »Ja, ja, ich habe ihn auch schon ganz fest schnarchen gehört.«

Es soll auch schon vorgekommen sein, dass man auf den Hinweis, das Bein sei einem eingeschlafen, zu hören bekommen hat: »So, wie es riecht, muss es schon tot sein.« Seien Sie also auf der Hut vor zu großer Nähe in vollen Verkehrsmitteln.
Manch einer sucht diese Nähe allerdings freiwillig und von selbst auf, ohne dringenden Grund.

In einer Wiener Straßenbahn setzt sich ein Herr neben eine Dame. Er starrt dabei unentwegt in ihr ausladendes Dekolletee. Die Dame wird immer unruhiger, bis sie schließlich empört ausruft: »Hörn S', wenn Sie noch länger so starren, dann kriegen Sie eine.«
»Und wer kriegt die andere?«

Manche Damen scheinen überhaupt streitfreudig zu sein, ob zu Recht, sei dahingestellt:

In einer Wiener Straßenbahn hat der Schaffner einen heftigen Streit mit einer Frau.
Da schreit sie: »Denken S' dran, dass Sie auch von mir leben!«
Drauf der Schaffner: »Wissen S' was, gnä' Frau? Steigen S' aus und lossen S' mi verhungern!«

Dass die Wiener selten eine Gelegenheit zum Raunzen

auslassen, zeigt sich auch beim schon erwähnten Dauerthema »Dienstwagen der Politiker«. Es erscheint ihnen gar unwahrscheinlich, dass ihre Volksvertreter jemals ein öffentliches Verkehrsmittel von innen gesehen haben könnten. Aus diesem Grund stieß der regelmäßig von seinem Wohnort in der Naglergasse in der Inneren Stadt zu seinem Dienstort, dem Rathaus, spazierende Wiener Bürgermeister Helmut Zilk manchmal auf Unverständnis seitens seiner Wähler:

Bürgermeister Zilk zu Fuß auf dem Weg zum Rathaus. Ein Passant sieht das und sagt zu seiner Frau: »Warum geht der z' Fuaß? Hat der nix z' tuan und geht auf Steuergelder spazieren?«

Nicht nur der frühere Bürgermeister war Stammgast beim Bauer-Gustl, einem Lokal mit Wiener Küche, sondern auch sein Nachfolger Michael Häupl.

Die Gattin des Wiener Stadtrates und späteren Bürgermeisters Michael Häupl erkennt offenbar schon an verrauchten Kleidungsstücken, wo ihr Gatte war. Als der Bauer-Gustl im Jänner geschlossen hatte, suchte der Stadtrat das »Ausweichlokal« vis-a-vis auf. Als er nach Hause kam, beschnupperte die Gattin den verrauchten Mantel: »Du warst heute nicht beim Bauer, sondern im Puntigamer!«
Als Häupl nach Urlaubsende dies dem Gustl erzählte, meinte der: »Lass s' weiterlernen, dann kann s' in ›Wetten, dass ...‹ auftreten!«

Zurück zu den Fiakern. Diese waren früher das, was heute die Taxler sind. Sie kannten die Stadt in- und auswendig und wussten um alle Schleichwegerl und Abkürzungen. Vor allem aber waren sie eines: nicht auf den Mund gefallen.

Ein Fiaker ist auf der Ringstraße unterwegs, als plötzlich ein feiner Herr in Frack, Zylinder und mit elegantem Spazierstock die Straße kreuzt und den Fiaker zu einer unvermittelten Bremsung nötigt. Der Fiaker richtet sich auf seinem Kutschbock auf und schreit empört:
»Hean S', Sie Blindschleich! Habn S' Paradeiser auf die Augn? Se miaßn ja an Sprung in da Schissel habn, wann S' da hatschn, ois wann S' allanich auf dera Wöd waratn. Des nächste Mal kriagn S' a Ohrenreiberl, dass Eahna nachher da Schädl nua so wackelt!«
Der feine Herr wendet sich um, droht mit dem Spazierstock und ruft zurück: »Hoit de Pappn oder i frisier da d' Goschn und beutl di ausm Gwaund. Da kannst deine Bana nummerieren und nachher z'saumsammeln, du Huafeisenschlecker, du!«
Er geht weiter. Der Fiaker schaut verdutzt, setzt sich wieder auf seinen Kutschbock, richtet sein Gilet zurecht und sagt bewundernd: »Es gibt doch no echte feine Herrn.«

Die modernen Nachfolger der Fiaker sind die Taxifahrer. Nicht umsonst wurden sie Anfang des 20. Jahrhunderts wirklich noch Automobilfiaker genannt! Sie sind genauso herb und kantig und gewitzte Schmähführer. Ihre Fahrgäste sind ihnen aber ebenbürtig.

Eine ältere Wiener Dame steigt am Gürtel in ein Taxi und fragt: »Sagen Sie, wofür ist denn der Stern da vorn auf der Motorhaube?«
Der Taxifahrer erwidert schmunzelnd: »Gnä' Frau, damit ziele ich und dann fahre ich die Fußgänger nieder.«

Er steigt aufs Gas und visiert einen arglosen Fußgänger, der gerade über die Straße geht, frontal an. Im letzten Moment weicht er aus und blickt lächelnd in den Rückspiegel. Da sieht er entsetzt, dass der Fußgänger regungslos auf der Straße liegt.
Von hinten rügt ihn die ältere Dame: »Also so was, junger Mann, wenn ich nicht noch schnell die Tür aufgemacht hätte, dann hätten wir ihn sicher nicht mehr erwischt.«

Fußgänger haben scheinbar einiges zu erleiden, wie schon Graf Bobby bemerken musste:

Graf Bobby liest in der Zeitung, dass in Wien jede Stunde ein Fußgänger überfahren wird.
Erschüttert meint er: »Wie der das nur aushält!«

Die Donaumetropole gestattet es Nachtschwärmern, bis spät in die Nacht gefahrlos herumzustreunen. Unsere beiden Grafen sind da keine Ausnahme. Abhängig von vorangegangenen Lokalbesuchen steht mitternächtlichem Philosophieren nichts im Wege:

Graf Bobby und Rudi kommen aus ihrem bevorzugten Lokal in Wiens erstem Bezirk, der noblen Innenstadt. Es ist bereits weit nach Mitternacht, die Nacht ist klar und Rudi in philosophischer Stimmung. Am Stephansplatz schnappt er nach Bobbys Arm, zeigt nach oben und sagt: »Schau dir das an, Bobby. Tausende von Sternen! Vielleicht sogar Millionen von Sternen! Und jeder von ihnen ist eine Sonne, wie es unsere Sonne ist! Und vielleicht ist dort eine Erde wie unsere Erde, die um einen der Millionen von Sternen kreist! Und vielleicht steht auf dieser Erde gerade jetzt auch jemand so wie wir und

schaut zum Himmel hinauf! Fühlst du dich nicht eins mit dem Universum, Bobby?«
Nach kurzem Nachdenken sagt Bobby: »Ja, Rudi, wunderbar! Und denk nur, das sind nur die Sterne des ersten Bezirks!«

Im Allgemeinen wird Wienbesuchern, und natürlich auch den Bewohnern, ans Herz gelegt, die öffentlichen Verkehrsmittel zu benützen oder gleich per pedes die Winkerln und Gasserln der Stadt zu erkunden. Jede Wiener Sehenswürdigkeit ist zumeist in unmittelbarer Nähe des öffentlichen Verkehrsnetzes und zumeist ist ohnehin kein Parkplatz verfügbar, sollte es jemand doch mal versuchen.

»Isch suche eine Parkplass«, wendet sich eine Französin hilfesuchend an einen Polizisten in der Wiener Innenstadt.
Fragt der erstaunt zurück: »Und da kommen Sie extra aus Frankreich?«

Oder man nimmt gleich das Fahrrad. Nicht erst seit den Vienna City Bikes (oder unter welchem neudeutschen Namen auch immer die im Sommer gratis an vielen Standorten in Wien entleihbaren Fahrräder angeboten werden) haben sich die Wienerinnen und Wiener zu Radlern gemausert. Auf der Ringstraße und in diversen Neben- und Hauptstraßen gibt es Fahrradwege und freilich auch die Naherholungsgebiete wie die Donauinsel oder die Praterallee sind beliebte Radelstrecken. Aber Vorsicht!

Rudi sagt zu Bobby: »Merk dir eins: Der Mensch denkt und Gott lenkt!«

Da antwortet dieser: »Das mach ich nimmer! Das letzte Mal beim Radlfahren im Prater hab ich ihn lenken lassen! Mich hat's schön aufs Maul g'haut!«

Der Großstadtverkehr in Wien unterscheidet sich nicht von den anderen europäischen Metropolen. Es wird gedrängelt, schnell gefahren, an falschen Stellen überholt und manchmal geschieht das Unvermeidliche:

Ein schwerer Verkehrsunfall hat sich auf der Wiener Ringstraße ereignet. Zwei Polizisten nehmen den Fall auf; der eine diktiert, der andere schreibt:
»... die Straßenbahn fuhr in der Vorrangstraße ...«
»... Vorrangstraße ...«
»... aus der Seitengasse kam der Motorradfahrer ohne das Vorrang-geben-Schild zu beachten mit hoher Geschwindigkeit ...«
»... hoher Geschwindigkeit ...«
Schließlich kommen sie bei der Bestandsaufnahme zum Unfallopfer selbst:
»... der Körper des Verunfallten liegt in der Fahrbahnmitte, sein Kopf abgetrennt auf dem Trottoir ...«
»... auf dem ... Du, sag, wie schreibt man ‚Trottoir'?«
»Weiß ich auch nicht.«
Der Polizist gibt dem Kopf einen Tritt: »... sein Kopf abgetrennt auf dem Gleiskörper ...«

Bei diesem Unfall hätte also auch der beste Helm nichts mehr geholfen – oder auch jede andere Kopfbedeckung:

In Österreich ist die Helmpflicht abgeschafft worden. Jetzt müssen alle Motorradfahrer Pudelmützen tragen. Grund: In einem empirischen Test ließ man vom Wiener

Donauturm zuerst einen Helm runterfallen, dann eine Pudelmütze.
Ergebnis: Helm kaputt, Pudelmütze wie neu.

Noch so ein Fall, was bei Nichteinhaltung der Geschwindigkeitsbeschränkungen passieren kann:

Was ist das beste Kennzeichen in Österreich?
Ein »M«!
Warum?
Das ist ein Wiener, der auf dem Dach liegt.

Deshalb: besser gleich den Zug nehmen, um seine Geschäfte zu erledigen und auf gute Ideen zu kommen.

Bahngespräch: »Ich wette einen Gulden, ich weiß, weshalb Sie nach Wien fahren.«
»Na – weshalb?«
»Sie wollen sich mit Ihren dortigen Gläubigern ausgleichen.«
»Da haben Sie Ihren Gulden.«
»Wie – ich habe es wirklich erraten?«
»Nein. Aber Ihr Einfall ist mir einen Gulden wert.«

Für manche Angereiste ist und bleibt Wien ein Rätsel, so auch für einen alten Matrosen der k. u. k. Marine, der sich zwar mit der Signalsprache auf hoher See auskannte, nicht aber mit der Sprache der Großstadt:

Herr Markowic, frisch in Wien eingetroffen, beobachtet auf der Wiener Opernkreuzung staunend den Verkehrsschutzmann, der ununterbrochen die Arme nach verschiedenen Richtungen streckt und schwenkt. Nach einer halben Stunde wird Markowic jedoch unruhig, geht auf den Schutzmann zu und fragt bittend: »Verzeihen Sie, Herr Inspektor, den letzten Satz habe ich aber nicht verstanden. Wollen Sie die Güte haben, ihn zu wiederholen?«

Trotz aller Verkehrsmittel und Stadtpläne ist es nicht immer leicht, die angegebene Adresse zu finden. Auch der Baron Mikos, ein ungarischer Verwandter des Grafen Bobby, war auf der Suche nach einer Adresse in Wien:

Baron Mikos ist in Wien. Er hat sich verlaufen und fragt einen Passanten: »Äntschuldigän Sie bitte, wo sein Kupferplatz?«
Der Wiener überlegt und sagt: »Kupferplatz, Kupferplatz? Einen Kupferplatz kenne ich nicht, ich kenne den Stephansplatz, den Rathausplatz oder hier gleich ums Eck den Goetheplatz. Meinen Sie etwa den Goetheplatz?«
Baron Mikos darauf: »Goetheplatz, das ist es! Ich habe verwächselt Goethe mit Schiller, Schiller mit Lessing, Lessing mit Messing und Messing mit Kupfer.«

Deshalb ist es angeraten, einen Stadtplan oder gleich einen Globus zu besorgen, beispielsweise beim renommierten Freytag, Berndt & Artaria, dem Kartenhersteller am Kohlmarkt in der Wiener Innenstadt.

Graf Bobby geht zu Freytag, Berndt & Artaria und möchte sich Globen ansehen. Der Verkäufer zeigt ihm alle Globen, die sie auf Lager haben, große und kleine, beleuchtete, politische und topografische, sogar einige Himmelsgloben, aber Bobby ist nicht zufrieden. Schließlich hat der Verkäufer Bobby alle Globen gezeigt.

Er fragt Bobby, welche Art von Globus er denn genau haben will.
Bobby denkt nach und sagt: »Wissen Sie, Ihre Globen sind ja alle nett, sogar sehr nett ... ja ... sehr interessant. All diese Länder ... aber ich denke, ich möchte einfach nur einen Globus von Österreich.«

Solch einen Globus hätten wohl viele Österreicher gern. Zu anderen Zeiten waren die Beweggründe für Reisen aber andere, erzwungene. So bereits vor und nach dem »Anschluss« an das Deutsche Reich 1938.

1937 in Wien. Gespräch über die »Anschlussgefahr«. Grün ist zuversichtlich: »Nie wird der Hitler in Österreich einmarschieren, denn sonst gibt es Krieg. Schau dir nur den Globus an: Da das kleine Deutschland in der Mitte – und das alles gehört zu England, das zu Frankreich, dort das riesige Russland, von Amerika ganz zu schweigen ...«
»Ja, ich weiß es, Grün. Aber weiß das auch Hitler?«

1945 sollte der Albtraum ein Ende haben und mit den Besatzungssoldaten kamen einige, aber beileibe viel zu wenig Vertriebene wieder zurück.

Wien 1946. An der Opernkreuzung unterhalten sich ein englischer und ein amerikanischer Offizier. Ein französischer Major geht vorbei. Darauf der Engländer zum Amerikaner: »Joi, der Teitelbaum ist auch wieder in Wien!«

Wien ist ein beliebtes Reiseziel und deshalb müssen sich die Wiener manchmal mit Besuchern aus anderen Nachbarländern, wie beispielsweise Deutschland, »herumschlagen«. Von allen Deutschen werden dabei die Berliner als die Verkörperung des Preußentums mit der zugehörigen Schroffheit und Effizienz angesehen, während im Gegenteil die Wiener als die Personifizierung des österreichischen Charmes und der Schlampigkeit gelten.

Ein Berliner läuft als Tourist durch Wien. Er fragt einen Einheimischen nach dem Weg:
»He, Sie, Männeken, könn' Se ma sagen, wo et hier direktemang zum Stephansdom jeht?«
Der Wiener: »Aber mein liaber Freind, kennan S' des net a bisserl freindlicher sogn?«
Der Berliner schaut ihn erstaunt an und sagt dann: »Nee, da valoof ick mia liba!«

Weil der Teufel nicht schläft, muss im selben Jahr der Wiener nach Berlin. Und weil er sich dort nicht auskennt, muss er nach dem Weg zum Postamt fragen. Also spricht er einen Berliner an:
»Tschuidigen S', gnä' Herr, können Sie mir sagen, wie ich zum Postamt komme?«
Maschinengewehrfeuerschnell antwortet der Berliner: »Zwei Straßen geradeaus, scharf nach rechts, eine Straße geradeaus, Straße überqueren, halbrechts unter dem Bogen durch, scharf links über die Schienen, am Zeitungsstand vorbei und direkt in die Eingangshalle der Post rein.«
Der Wiener, nun mehr befremdet als aufgeklärt, murmelt trotzdem: »Tausend Dank, gnä' Herr –«, worauf der Berliner den Wiener unterbricht, am Kragen packt und ihn anbellt: »Vergessen Sie den Dank! Wiederholen Sie die Anweisung!«

Ein Freund und Studienkollege, der aus Deutschland nach Wien übersiedelte, berichtete mir von einem »Abschiedsgeschenk« seiner Berliner Freunde: Peter Wehles Klassiker »Sprechen Sie Wienerisch?«. Was auf der Abschiedsparty in Berlin noch größte Heiterkeit hervorgerufen hatte, erwies sich für ihn dann als einzige Rettung. Einfachste Tätigkeiten wie Einkaufen beim Bäcker wurden zu Rätselstunden: Was wollte die Verkäuferin von ihm wissen? Sackerln, Topfenkolatsche, Semmel und Co. ließen ihn an seinen Deutschfähigkeiten zweifeln ... Mit besagtem Studienkollegen hatte ich auch folgendes Erlebnis beim Heurigen:

»Beim Mayer am Pfarrplatz in Grinzing, wohin unser Professor die Mitarbeiter seines Instituts alljährlich einlud, versuchte er angestrengt zu verstehen, was denn die Wienerliedsänger im Hintergrund von sich gaben. Nach einer halben Stunde wandte er sich resigniert um und sagte: ›Ich verstehe kein einziges Wort. Seid ihr sicher, dass wir nicht irrtümlich in Ungarn gelandet sind?‹«

Viele andere mussten diese Erfahrung vor und nach ihm auch machen.

Ein Deutscher, der nach Wien übersiedelt ist, hat es satt, an seinem Dialekt stets als Deutscher erkannt zu werden. Daher belegt er einen Sprachkurs »Deutsch für Ausländer«. Als er nach vier Jahren endlich seinen Abschluss in der Tasche hat, möchte er ausprobieren, ob man ihn immer noch erkennt. Er geht in das nächste Geschäft und sagt in absolut akzentfreiem Hochdeutsch: »Guten Tag, ich hätte gerne zwei Semmeln!«
Da lacht die Verkäuferin und sagt: »Sie sind Deutscher – stimmt's?«

Enttäuscht und verblüfft zugleich fragt er, woran die Verkäuferin es gemerkt hat.
»Ganz einfach: Wir sind ein Schuhgeschäft!«

Ein ganz anderes Thema sind die Frauen. Der große Wiener Kabarettist Karl Farkas meinte dazu:

»Alle Männer sind Astronauten: Sie träumen von einer weichen Landung auf der Venus.«

und

»Die Frauen verlangen Unmögliches: Man soll ihr Alter vergessen, aber sich immer an ihren Geburtstag erinnern.«

Den Budapestern, den Wienern und den Berlinern kann übrigens eine Rangfolge der Höflichkeit und des Charmes zugewiesen werden:

Wie begrüßt man eine Dame, die man 10 Jahre nicht gesehen hat?
In Budapest: »Joi joi, kesit csokolom, Ollagnädigste sain um 10 Johrä jinga geworden!«
In Wien: »Küss die Hand, Gnädigste, haum Ihna goar net vaändat ...«
In Berlin: »Tack, Frau Assessor. Tja, 10 Jahre sind eben 'ne lange Zeit!«

Bei diesen Witzen können sich vor allem meine bayrischen Freunde nie vor Lachen zurückhalten. Deshalb besänftige ich die Berliner Freunde mit folgender Definition der Münchner:

Ihr wisst ja eh, dass die Münchner eine Mischung aus Berlinern und Wienern sind? Sie haben die Wiener Ordnung und den Berliner Charme.

Von beiden Welten das Beste sozusagen. Aber auch wir Wiener sollen nicht ungeschoren davonkommen. Hier eine weitere Definition:

Was ist ein Wiener?
Ein Raunzer!
Zwei Wiener?
Eine Heurigenpartie!
Drei Wiener?
Gibt es nicht. Einer kommt sicher aus Brünn!

Dieser letzte Witz hat einen wahren Kern. Tatsächlich sind die Wiener ein Gemisch aus allen Ländern der Donaumonarchie. Ein Blick ins Wiener Telefonbuch zeigt das Sammelsurium an slawischen, italienischen, deutschen und in jüngster Zeit türkischen Nachnamen. Trotzdem wundert man sich manchmal über die herrschende Fremdenfeindlichkeit, sobald der Ausländer kein Tourist ist. Wo wir Wiener doch alle irgendwann einmal zugewandert sind.

Kommt ein Wiener zum Augenarzt. Der hält ihm die Buchstabentafel vor, auf der steht C Z W X N Q Y S T A C Z, und fragt ihn:
»Können Sie das lesen?«
»Lesen?«, ruft der Patient erstaunt aus, »ich kenn den Kerl!«

Die Politik weiß diese Tatsache des »Wiener Völkergemisches« innenpolitisch vorrangig als Untergriff zu verwenden (man denke an einige berühmt-berüchtigte Wahlslogans der FPÖ der letzten Jahre: »Wien darf nicht Chicago werden!«, »Pummerin statt Muezzin«), außenpolitisch allerdings als Vorteil. So auch der ehemalige Bundeskanzler Bruno Kreisky.

Mit Bruno Kreisky fuhr 1976 zum ersten Mal nach dem Ende des Zweiten Weltkrieges ein österreichischer Bundeskanzler nach Prag. Zum Abschluss lud er nicht nur seine Gastgeber zu einem Gegenbesuch ein, sondern forderte sie auch auf, mitzubringen, wen immer sie wollten. Zurückhaltend antworteten die Prager Funktionäre: »Aber werden Sie da in Wien genug Hotelbetten haben?«

»Das ist kein Problem«, beruhigte sie der österreichische Regierungschef, »die können doch alle bei Verwandten wohnen!«

Früher waren auch viele jüdische Mitbürger dabei, die das Stigma ihres Nachnamens und Glaubens trugen, das sie in einer vorurteilsbehafteten Gesellschaft von Karrierewegen ausschloss. Aus diesem Grund konvertierten viele Juden zu anderen Religionen und änderten ihre Namen, als ihnen das ermöglicht wurde.

»Wissen Sie, was ich erfahren habe? Der reiche Maurice Lafontaine hat früher Moritz Wasserstrahl geheißen.«

»Auch eine Neuigkeit! Ich habe ihn sogar schon gekannt, als er noch Moische Pischer hieß.«

Eine mehrstufige Konvertierung nicht nur des Namens, sondern auch des Glaubens schien manchem angebracht.

Mandelkern lässt sich in Wien zum lutheranischen Glauben bekehren, obwohl hier Katholiken überall Vorrang haben. Nach der Zeremonie fragt ihn ein Freund, warum er ausgerechnet zu den Protestanten geht, und er erklärt: »Wenn ich direkt Katholik werde, fragt mich hernach jeder: ›Was waren Sie zuvor?‹ und dann muss ich sagen: ›Jude‹. Wenn ich mich aber *jetzt* katholisch taufen lasse, und es fragt mich einer, was ich vorher war, kann ich ihm antworten: ›Lutheraner‹!«

Wie solch Namensänderungen genau vorgenommen werden, ist vollkommen logisch – zumindest für die Betroffenen. Einen Einblick in die Vorgehensweise gibt folgendes Beispiel.

Ein Jude will am Bahnschalter in Wien eine Karte nach Pinczew lösen – da sieht er, wie ein eleganter Herr ebenfalls eine Karte nach Pinczew in Empfang nimmt. Der Jude ist verblüfft. Vielleicht hat er sich geirrt. Er bezahlt seine Karte und geht dem Herrn nach – der Herr steigt tatsächlich in denselben Zug, in den auch er steigen muss. Also setzt er sich dem Herrn gegenüber hin und fängt an zu grübeln:
Aus Pinczew ist er nicht, ich kenne alle dort. Also was kann er dort wollen? Vielleicht eine Partie? Aber mit wem? Des reichen Doliner Tochter hat kürzlich geheiratet, und was sonst momentan zu haben ist ... Nein das ist nichts für ihn.
Aber vielleicht etwas Geschäftliches?
Nein, es läuft ja momentan rein nichts in Pinczew.
Also was in aller Welt ... Ah, ich weiß schon! Der Salmen Karo, dieser Lump, will sich wieder einmal mit seinen Gläubigern ausgleichen, und das wird ihm jetzt, wo es

schon das dritte Mal ist, ohne juristischen Beistand nicht gelingen. Demnach ist der Herr Rechtsanwalt ... Aber ein Anwalt aus Wien – das kostet doch ein Vermögen! Wird sich der Karo, dieser kleinliche Kerl, das wirklich leisten wollen? ... Ah, ich weiß schon! Da war doch einmal ein Neffe von ihm, dem die Eltern früh gestorben sind. Der hat später in Wien die Rechte studiert. Und der Karo hat ihm derweil das Vermögen seiner Eltern verwaltet. So viel möcht ich in zehn Jahren verdienen, wie der alte Lump dabei für sich eingesteckt hat! Aber dem Jungen hat er natürlich eingeredet, dass er sich für ihn die Beine ausreißt und dass er ihm folglich dankbar sein muss. Und das scheint der junge Mann geglaubt zu haben und folglich kommt er womöglich gratis zu seinem lieben Onkel, um ihm aus der Patsche zu helfen ...
Kohn hat der Junge geheißen, ich weiß es noch genau ... Aber hat es nicht geheißen, dass er große Karriere gemacht hat? Hofrat soll er sogar geworden sein! ...
Na – da wird er sicher längst getauft sein ... Und wenn er sich getauft hat, dann heißt er natürlich schon lange nicht mehr Kohn ... Wie kann er jetzt heißen? Koner vielleicht? Das ist noch zu nah, zu verdächtig. Vielleicht Korner? Auch noch zu ähnlich. Vielleicht Körner oder Kerner? – Ja, das könnte schon gehen! ...
»Guten Tag, Herr Doktor Kerner!«
»Guten Tag. Aber ich kenne Sie ja gar nicht. Woher wissen Sie meinen Namen?«
»Den habe ich mir ausgerechnet.«

Zumeist sind die Zuwanderer aber den ärmeren Bevölkerungsschichten zuzurechnen gewesen. Dienstmädchen, Köchinnen, Ziegelarbeiter und so fort bevölkerten die Regierungsstadt und drückten der Stadt und vor allem der Küche ihren Stempel auf. Die süße böhmische Mehlspeisküche und die teils schweren Speisen sind lebendiges Zeugnis dieser Herkunft. Allerdings sind nicht jedem die Rezepte verständlich.

> Graf Bobby sitzt in seiner Küche vor einem riesigen Berg geschnittener Semmeln. Baron Rudi kommt herein und fragt: »Ja, Bobby, was machst denn da?«
> »Ich will mir a Mehlspeis kochen und da steht im Kochbuch: Man schneide drei Tage alte Semmeln. No, und ich schneid erst seit zwei Tagen.«

Hier noch ein Versuch Graf Bobbys, seine Kochkünste zu erproben:

> Rudi kommt zu Bobby auf Besuch, der gerade beim Kochen ist. Rudi fragt: »Was kochst denn Gutes?«
> Da sagt Bobby: »Heut gibt's Grammelknödln!«
> Da sagt Rudi: »Schön, schön. Ich geh inzwischen deine Gattin begrüßen, wo ist sie denn?«
> Da meint Bobby: »Vermutlich im Wohnzimmer. Du kannst sie dir ja suchen!«
> Rudi sucht sie und kommt nach einer Weile ganz bestürzt zu Bobby in die Küche und flüstert: »Stell dir vor, deine Gattin ist im Schlafzimmer mit dem Graf Tasso im Bett!«
> Da sagt Bobby: »Uije, auf den hab ich ja ganz vergessen, da muss ich ja um zwei Knödeln mehr machen!«

Besonders durch den Bau der Ringstraße anstelle der mittelalterlichen Stadtmauern erlebte der Zuzug aus den Kronländern nie gekannte Ausmaße. Die Ziegelböhm', also die vorwiegend in der Ziegelindustrie beschäftigten böhmischen Handwerker und Arbeiter, sind dabei das

Synonym für Zuwanderer geworden. Dem Bürgermeister Karl Lueger, der zumeist mit seinem Ausspruch »Wer a Jud' is, bestimm i« zitiert wird, wird auch noch ein anderer in den Mund gelegt, den er anlässlich des wachsenden Unmuts über diese sehr ärmlich lebenden Ziegelböhm' von sich gegeben haben soll: »Lassts mir meine Böhm' in Ruh!« Einer seiner späteren Nachfolger als Bürgermeister, Helmut Zilk, hat entsprechend zeitgemäß von »meinem Kümmeltürken« gesprochen und dabei einem kleinen türkischen Buben den Kopf getätschelt.
Dass sich das Leben der Zuwanderer und die finanzielle Situation bei manchen dieser Berufe über die Jahre deutlich verbessert hat, wird im nächsten Witz deutlich:

Ein Passant steht bei einer Baustelle in der Nähe vom Wiener Rathaus und schaut den Bauarbeiten zu. Unter den Bauarbeitern fällt ihm ein Herr im eleganten Anzug auf, der Scheibtruhen schiebt, Ziegel schleppt, Sand schaufelt, sprich: alle schmutzigen Arbeiten mitmacht. Verwundert wendet sich der Passant an den Baumeister. »Tschuldigen S' bitt'schön, Herr Ingenieur. Sagen Sie, der Herr da im Anzug, der da mitarbeitet, wer ist denn das?« Der Baumeister dreht sich um und sagt: »Das ist ein Stadtrat. Der ist heute gekommen, um den Grundstein für das neue Schulgebäude zu legen. Als er gehört hat, was ein Bauarbeiter bei uns die Stunde verdient, ist er gleich da geblieben.«

Weil wir gerade beim Rathaus sind:

Was ist der Unterschied zwischen dem Wiener Rathaus und dem Wiener Riesenrad?
Am Riesenrad sitzen die Nieten außen ...

Für Deutsche arbeiten die Österreicher und im speziellen die Wiener ineffizient, langsam, schlampig. Gelernte Wiener wiederum schreiben Langsamkeit vor allem ihrem Beamtenapparat und der unendlich scheinenden Bürokratie zu.

Zwischen den städtischen Bauämtern von Wien und New York läuft die Wette, welches Amt schneller den Plan eines zehnstöckigen Hochhauses anfertigt. Binnen weniger Tage erhalten die Wiener ein Fax aus New York: »Noch zwölf Tage und wir sind fertig.«
Die Wiener antworten umgehend: »Noch zwölf Formulare und wir fangen an!«

Oft will man gar nichts über die Gründe wissen, die zu Bauverzögerungen führen.

Ein Wiener, ein Steirer und ein Tiroler arbeiten auf einem Gerüst. Es ist 10 Uhr, Jausenzeit. Der Steirer macht seine Box auf und sagt: »Schon wieder Extrawurst, jeden Tag Extrawurst, es gibt nix Schlechteres!«
Dann macht der Wiener seine Box auf und sagt: »Schon wieder Buttermarmeladebrot, jeden Tag, das mach ich nicht länger mit!«
Der Tiroler macht seine Box auf und sagt: »Schon wieder Verhackertes, jeden Tag, wenn das morgen wieder so ist, dann hau ich mich runter vom Gerüst!«
Der Steirer und der Wiener sagen: »Da machen wir mit, die Wette gilt!«
Nächster Tag, 10 Uhr, Jausenzeit. Der Steirer macht seine Box auf, Extrawurst. Er geht vor und springt vom Gerüst.
Der Wiener macht seine Box auf, Buttermarmeladebrot, geht vor und springt runter.

Der Tiroler macht die Box auf, Verhackertes, geht vor springt runter.
Alle drei tot!
Zwei Wochen später treffen sich die Witwen am Friedhof: Sagt die Steirerin: »Der blöde Depp, immer nur Fernsehen schaun, hat mir nie etwas gesagt wegen der Jause!«
Sagt die Tirolerin: »Ja, meiner auch, hat nie was gesagt!«
Schauen sie zur Wienerin: »Und du sagst nix?«
Die Wienerin: »Was soll ich sagen, meiner hat sich die Jause immer selber gemacht!«

Und dann werden die veranschlagten Baukosten überschritten. Der ehemalige österreichische Bundeskanzler Julius Raab, der an der Technischen Hochschule in Wien in der Fachrichtung Hochbau sein Ingenieurdiplom erworben hatte, erzählte einmal im Freundeskreis:

»Stellts euch vor, was mir gestern passiert ist. I besichtig an Neubau, wie grad die baupolizeiliche Kommission zur behördlichen Begutachtung dort war. Der Baumeister hat die Kommission bewirtet, dass si' der Tisch nur so bogen hat. Wie s' weg warn, hab i dem Baumeister g'sagt: ›Des war aber a teurer Gspass, wer zahlt denn das?‹
Wissts, was er drauf g'sagt hat? ›Herr Bundeskanzler, das verrechnen ma auf dem Konto Schädlingsbekämpfung!‹«

So schlitzohrig manch einer am Bau ist, es ist nicht die Regel.

Eine Wiener Baufirma hat einen neuen Hilfsarbeiter eingestellt. An seinem ersten Arbeitstag sieht der Chef, wie dieser einen Nagel aus der Schachtel nimmt, ihn betrachtet und ihn dann fortwirft. Er nimmt den nächsten Nagel und schlägt ihn ein. Die nächsten beiden wirft er wieder fort, dann schlägt er drei Nägel ein, usw.
Der Chef sieht eine Weile zu, dann sagt er: »Franzl, was machst du denn da? Das sind doch alles neue Nägel, warum schmeißt du die Hälfte davon weg?«
Franzl antwortet: »Ich weiß das, aber einige zeigen in die falsche Richtung.«
Da wird der Chef grantig und schreit: »Du Depp, das sind doch die Nägel für die andere Seite des Hauses!«

Kein Wunder, dass es nicht nur heute, sondern auch früher Wohnungsnot gab.

Auf der Donauinsel geht der Nowotny spazieren. Plötzlich hört er einen Mann um Hilfe schreien: »Hilfe, Hilfe, ich kann nicht schwimmen!«
Und wirklich, in der Donau schwimmt ein Mann und rudert mit den Händen in der Luft, taucht unter, taucht wieder auf, schnappt nach Luft.
Nowotny läuft hin und der Mann schreit erneut: »Hilfe, helfen Sie mir, ich kann nicht schwimmen!«
Nowotny ruft: »Moment, sagen Sie mir zuerst, wie Sie heißen und wo Sie wohnen!«
Der Mann schreit zurück: »Ich bin der Gaffolek Ferdinand und wohne in der Liechtensteinstraße Nummer 4!«
Nowotny schreit zurück »Danke!« und läuft davon. Nach kurzer Zeit erreicht er die Liechtensteinstraße 4, klingelt an der Haustür, und als der Hausmeister in der Tür erscheint, sagt Nowotny atemlos: »Ich bin hier, um die

Wohnung vom Gaffolek Ferdinand, der in der Donau ertrunken ist, anzusehen und zu mieten.«
Der Hausmeister sieht ihn an und sagt: »Da kommen Sie ja viel zu spät. Die Wohnung hat schon der gemietet, der den Gaffolek Ferdinand in die Donau gestoßen hat.«

Und wenn Wohnungen vorhanden waren, dann erfüllten diese die erwarteten Qualitätsansprüche nicht unbedingt. So waren die von der Stadt Wien in großer Zahl errichteten Wohnungen in den Gemeindebauten bekannt für ihre dünnen Wände. Man hört die Gespräche der Nachbarn in ihren Wohnungen über ganze Stiegen hinweg, so als ob sie neben einem stünden.

Ferdl und Franzl sitzen beinander im Wohnzimmer und trinken ein paar Bier. Plötzlich fangt der Franz zum Lachen an.
»Warum lachst du denn?«, fragt der Ferdl.
»Hi hi«, kichert der Franz vor sich hin, »der Nachbar unter mir streicht gerade seine Zimmerdecke und mich kitzelt's an die Füß'.«

Kein Wunder, wenn es zu solchen Ergebnissen kommt. Denn auch bei anderen Tätigkeiten sind die Wiener Beamten und Politiker von »Einfallsreichtum« beseelt, z. B. bei der Namensgebung:

Es waren einmal zwei Politiker, die gemeinsam Namen für die beiden Bezirke Hernals und Ottakring finden sollten, doch ihnen fielen keine guten Namen ein. Da machten sie eine Pause und setzten sich ins Kaffeehaus, wo sie weiter darüber nachdachten. Als sie ihren Kaffee

austranken, kam der Ober und fragte mit den entscheidenden Worten:
»Habn die *Herrn alls? Odda kring s'* no wos?«

Gerne erinnern mich meine deutschen Freunde daran, welchen Ruf die Österreicher und im Besonderen die Wiener haben. Wie oft ich die Audiodatei mit den Scheinumfragen eines österreichischen Radiosenders zugesandt bekam, in der die Reporter einfache Passanten nach dem möglichen Ausgang des Fußballspieles zwischen Holland und Niederlande anlässlich der Fußball-Europameisterschaft 2004 fragten, kann ich gar nicht mehr zählen. Gar nicht erwähnen möchte ich die beiden folgenden Witze:

Ein Bayer und ein Wiener sammeln Schnecken ein, die im Schrebergarten zu einer Plage geworden sind. Nach einer Stunde ist der Korb des Bayern voll. Der Wiener hat jedoch noch keine einzige Schnecke erwischt.
Als ihn der Bayer völlig verwundert fragt, warum er noch keine Schnecke in seinem Korb hat, antwortet der Wiener: »Geh, i waß a ned, i drah mi um, will nach ihnen greifen, aber husch, husch san sie weg.«

Meine deutschen Freunde zerkugeln sich dabei regelmäßig, vor allem, wenn ihnen das »Husch, husch« im Wiener Dialekt gelingt.

Zwei Wiener gehen nebeneinander her. Auf einmal dreht sich der eine um und tritt eine Schnecke tot!
Darauf der andere: »Warum hast jetzt das gemacht?«
»Na, das Biest verfolgt uns schon drei Tage!«

Vielleicht ist der ehemalige sozialistische Bundeskanzler

Bruno Kreisky nicht ganz unschuldig, der wegen seiner langsamen und ausschweifenden Sprechweise zum bevorzugten Parodieobjekt für Kabarettisten wurde:

> In einer TV-Pressestunde saß Kreisky einmal einem konservativen Journalisten gegenüber, der ihm eine besonders »harte« Frage stellen wollte. Kreisky verbreiterte sich in seiner Antwort mehr und mehr, bis ihn der Journalist unterbrach: »Danach habe ich Sie nicht gefragt, Herr Bundeskanzler!«
> Darauf Kreisky, nie um eine Antwort verlegen: »Ich weiß, aber ich wollte das nun einmal sagen!«

Es gab auch andere Opfer dieser Tatsache:

> Kreiskys Sekretärin wurde entlassen.
> Warum?
> Sie kann nicht so langsam stenografieren, wie Kreisky spricht.

Nur: Warum war Kreisky so, wie er war? Langsam sprechend, ausführlich formulierend, sich in philosophischen und tiefsinnigen Betrachtungen ergehend und trotzdem immer etwas aussagend? Eigenschaften, die uns heute irgendwie bei Politikern fehlen ...

> Kreisky kommt zu spät zu einem Landesparteitag. Seine Rechtfertigung: »Ich habe keine Zeit um pünktlich zu sein, außerdem lehrt mich die Erfahrung, dass ich niemals etwas versäumt hab.«

Kreisky war nicht der Erste und Letzte, der langsam war. Schon Regierungsverhandlungen vor und nach ihm erschienen zäh und sich über Wochen und Monate zu strecken.

Bei den Regierungsverhandlungen 1956 wurden in der Presse unzählige Kombinationen über die Aufteilung der Kompetenzen und die Besetzung der Ressorts angestellt.
»Stellt's euch vor«, erzählte der Vorsitzende der Sozialistischen Partei, Bruno Pittermann, in einer Verhandlungspause, »heute ham s' fünf innenpolitische Redakteure mit bandagierten Händen ins Spital eingeliefert.«
»Ja, wieso denn?«, fragte man.
»Sämtliche Finger, aus denen sie sich was saugen könnten, san wund«, antwortete Pittermann.

Die Abläufe mussten beschleunigt werden. Um die Effizienz zu steigern, wurden für die Behörden Computer angeschafft. Nicht alle Entscheidungsträger waren von deren Notwendigkeit überzeugt und befragten den zuständigen Minister.

So erläuterte der österreichische Innenminister Erwin Lanc in einer Fragestunde im Parlament die Arbeitsweise eines neuen Passkontroll-Computers folgendermaßen: »Der Pass wird eingelegt, und wenn ein bestimmtes Lamperl aufleuchtet, weiß man, dass der Inhaber kein Lamperl ist.«

Als die ÖVP und die FPÖ im Jahr 2000 eine Regierungskoalition miteinander eingingen, war die Empörung im In- und Ausland groß. Die europäischen Länder reagierten wegen der fremdenfeindlichen und politisch rechtsgerichteten Einstellung der FPÖ mit einem Boykott. Mit

Österreich wurde auf offizieller Ebene nicht mehr geredet. Dabei hatten es sich der gebürtige Oberösterreicher Jörg Haider und der Wiener Wolfgang Schüssel so einfach vorgestellt. Man zeigte doch, man konnte auch sehr schnell sein:

In Österreich gibt es die besten Isolierer!
Sie heißen Jörg Haider und Wolfgang Schüssel.
Die beiden haben Österreich an einem Tag isoliert ...

Nur einmal ging alles viel zu schnell. Damals, 1956 ...

Bundeskanzler Julius Raab regierte sehr souverän. 1956 ernannte er seinen bisherigen Staatssekretär Fritz Bock zum Handelsminister, was dieser aus dem Radio erfuhr. Er ruft daraufhin bei Raab an und bedankt sich, meint aber, dass er ihn hätte fragen können.
»Hätt'st na g'sagt?«
»Nein hätte ich natürlich nicht gesagt.«
»Na also, warum hätt i di fragen sollen ...?«

Einer war noch schneller: der dreimalige Formel-I-Weltmeister Niki Lauda, der in seinen besten Zeiten mit Alain Prost, Jacques Villeneuve und anderen Rennfahrern um den Titel im Kreis um die Wette fuhr. Leider hatte das Auswirkungen für die Wiener Heurigen:

Warum geht Niki Lauda nicht mehr zum Heurigen?
Weil er dort andauernd nur »Prost« hört.

Auch die Österreicher untereinander wissen sich in Witzen humorvoll auf den Arm zu nehmen. In vielen alten Gstanzln werden unter anderem Spottreime auf die Wiener dargebracht und die Wiener selbst machen sich über Missstände lustig. Das Essen ist dabei ganz wichtig:

Linz is a Stadtl
Und Wean is a Stadt.
In Linz iss i's Bratl,
Z' Wean in Salat.

An guten Wein schenken s' schon
Drausst in Hernals,
Auf a Viertel kriegt aner
Dreißg Löcher im Hals.

Die Obrigkeit wird auch nicht verschont:

Und da Kaiser z' Wean
Nimmt die schen Buam zan eahm.
und die Kropfertn und Kloan
Lasst er den Mentschan dahoam.

Und dann wird das alles beschäftigende und immer wieder in sehr vielen Wortspielen auftauchende Interesse am anderen Geschlecht in Gstanzln gegossen. Dabei leben die Wiener ihren blumigen Erfindungsreichtum für neue Bezeichnungen der entsprechenden Körperteile aus. Hier nur ein kleiner Auszug dazu:

Z' Salzburig hamd s' Glocknspiel,
Z' Wean an hohen Turm.
Aba bald d' Mentscha schwanger wernd,
D' Schuld gebn s' in Buam.

Bald bin is a Grazer,

Bald goar a Weaner.
Und bald bin is mein Diandl
Ihr Kammerdeaner.

Die Meidlinger Mentscha,
Die sitzen auf an Stan,
Und die warten auf an Schwaf
Wia a Hund auf a Ban.

In den modernen Witzen wird natürlich nicht mehr vom Glockenspiel gesprochen, dort werden ganz anders klingende Geräte zum wichtigen Instrument:

Sitzen ein Kärntner und ein Wiener in einer öffentlichen Toilette in zwei nebeneinander liegenden Kabinen. Hört der Wiener plötzlich aus der Nebenkabine: »Na, wie geht's dir?«
»Danke, gut«, antwortet der Wiener überrascht.
»Was machst du gerade?«
»Nun, ich sitze hier.«
»Darf ich zu dir rüberkommen?«
Jetzt reicht es dem Wiener aber. »Tut mir leid, aber ich hab's sehr eilig.«
Als er aus der Kabine verschwindet, hört der Wiener gerade noch, wie der Kärntner nebenan sagt: »Du, ich ruf dich gleich noch mal an, da sitzt so ein Blödmann in der Nachbarkabine, der auf alle meine Fragen antwortet ...«

Nun ja, wer würde schon Telefongespräche auf dem Ort erwarten, zu dem selbst der Kaiser zu Fuß ging? Auch Zeuge von Pissoirgesprächen am Mobiltelefon mit den entsprechenden Hintergrundgeräuschen kann man immer wieder werden. Da sind uns doch die burgenländischen

Sitten lieber. Oft haben besonders diese Landsleute zu leiden, werden sie doch zumeist unberechtigt als das am wenigsten intelligente Bundesland dargestellt:

Treffen sich ein Wiener und ein Burgenländer auf der Kärntner Straße. Entschuldigt sich der Wiener beim Burgenländer: »Tut mir leid, dass ich so spät komme, aber der Lift ist stecken geblieben und ich habe eine Stunde warten müssen, bis ich rausgekommen bin.«
Sagt der Burgenländer drauf: »Das ist ja gar nichts. Letztens bin ich auf der Rolltreppe gestanden, die ist stehen geblieben und ich hab drei Stunden warten müssen, bis sie weitergefahren ist ...«

Die Geschichte ist damit aber noch nicht zu Ende. Sehen Sie selbst:

Fragt der Wiener: »Sag, und warum hast du ein Huhn auf deinem Arm?«
Sagt der Burgenländer: »Warum nicht? Es geht doch heutzutage ein jeder mit seinem ›Hendi‹ spazieren.«

Und trotzdem, auch wenn Rolltreppe oder Aufzug funktionieren, bedeutet das noch lange nicht, dass Burgenländer sie benützen dürfen. Etwa den Aufzug vom Wiener Donauturm.

Warum dürfen die Burgenländer nicht mehr auf den Wiener Donauturm?
Weil sie immer die Hubschrauber füttern wollen!

Für alle Unbill werden die armen Burgenländer verantwortlich gemacht. Als 1976 die Wiener Reichsbrücke einstürzte, hatte der Wiener Volksmund sofort eine Begründung parat:

> Warum stürzte im Jahre 1976 in Wien die Reichsbrücke ein?
> Ein Burgenländer ging über die Brücke und die dachte sich: »Der Gescheitere gibt nach!«

Dabei sind doch die Wiener beliebte Urlaubsgäste in den Bundesländern – solange Deutsche auch dort sind. Die sind nämlich noch unbeliebter. Die Sommerfrische und die Fahrt ins Grüne benötigen jedenfalls ausreichende Vorbereitung:

> Graf Rudi kommt wieder einmal zu Graf Bobby und sieht, wie die Möbelpacker verschiedene Sachen zum Möbelauto tragen. Er fragt ihn, was hier los sei.
> Da sagt Bobby: »Weißt, wir ziehn über den Sommer ins Landhaus am Semmering und da nehmen wir immer ein paar Sachen mit hinaus!«
> Da fragt Rudi: »Na und wo ist deine Frau?«
> Bobby darauf: »Die wird in irgendeinem Zimmer noch etwas verpacken, musst sie dir suchen!«
> Nach kurzer Zeit kommt Rudi ganz verstört zu Bobby und sagt: »Stell dir vor, im Wohnzimmer liegt deine Frau tot am Boden!«
> Da sagt Bobby: »Allerhand, dass bei jeder Übersiedlung etwas kaputtgehen muss!«

Diese Wiener! Immer kommt die Nekrophilie durch. Die Wienerlieder strotzen nur so vom Herrgott, dem Tod, den Engerln und der schönen Leich' – dem schönen Begräbnis, das man sich wünscht. Auch in den Witzen sind der Tod und die Endstation des körperlichen Daseins, der Wiener Zentralfriedhof, zentrales Element. Aber will man den Wienerliedtexten und den Witzen glauben, nehmen die Wiener den Tod locker. Meine persönliche Theorie ist, dass sie ihn erst dadurch besonders ernst nehmen.

Zwei ältere Wiener Damen sitzen in der Straßenbahnlinie 71, die vom Zentralfriedhof in die Innenstadt fährt. Die eine ist 80, die andere 92 Jahre alt.
Sagt die 92-Jährige zu der 80-Jährigen: »Wie alt sind Sie denn?«
Die 80-Jährige: »Achtzig!«
Die 92-Jährige: »Und da schminken Sie sich noch?«
Die 80-Jährige: »Wie alt sind Sie?«
Die 92-Jährige: »Zweiundneunzig.«
Die 80-Jährige: »Und da fahren Sie noch heim?«

Eine andere Begebenheit fand so wirklich statt:

Eine ältere Dame am Zentralfriedhof wird interviewt.
Der Reporter: »Wen besuchen Sie denn hier am Zentralfriedhof?«
Die ältere Dame: »Meinen Mann, der liegt schon seit 14 Jahren hier.«
Der Reporter: »Und wie oft kommen Sie her?«
Die ältere Dame: »So einmal täglich.«
Der Reporter: »Und was machen Sie dann, wenn Sie hier sind?«
Die ältere Dame: »Ich setze mich da hin und rede mit ihm. Jetzt kann er ja nicht mehr weggehen, sondern muss mir zuhören ...«

Diesem Mann kann nicht mehr geholfen werden. Bei

so manch anderem tragischen Ereignis allerdings auch nicht.

In Wien stürzte ein Helikopter auf den Zentralfriedhof ab – bis jetzt hat man schon 972 Tote gefunden ...

Ebenso müssen andere Nachbarländer herhalten, wenn es um den Zentralfriedhof geht. Den Schweizern werden neben Geschäftstüchtigkeit und Genauigkeit auch die Eigenschaften »langsam« und »langweilig« zugeschrieben. Nicht nur das: sogar »sehr langweilig«. Ein Witz manifestiert diese Tatsache:

Was ist der Unterschied zwischen Zürich und dem Wiener Zentralfriedhof?
Zürich ist doppelt so groß, aber nur halb so lustig.

Wo sonst als bei den Bergen liegen die Gemeinsamkeiten, die wir mit den Schweizern teilen? Die schottischen Highlands nehmen sich gegenüber »unseren« Alpen als kleine Unebenheiten aus.

Treffen sich ein Schweizer, ein Wiener und ein Schotte auf einer grünen Wiese, in der gerade eine Kuh genussvoll grast.
Sagt der Schweizer: »Siehst du nicht die schöne Kuh dort; das ist bestimmt eine Schwiiizer Kuh. Erkennbar an den Flecken!«
Sagt der Wiener: »Hörst, siachst denn net, dass des eine Wiener Kuh is? Die hat die Pappn immer offen!«
Sagt der Schotte: »Sorry, sorry, Gentlemen, das ist bestimmt eine schottische Kuh. Sie hat den Dudelsack zwischen den Beinen!«

Weil wir schon die Berge raufgestiegen sind und dem Himmel näher kamen, werfen wir einen Blick von der Kanzel in die katholische Kirche und deren Exponenten.

Bei einer Predigt erklärte der beim Volk äußerst beliebte Prediger Abraham a Santa Clara aus Wien in aller Öffentlichkeit, dass die Damen der Wiener Gesellschaft es nicht wert seien, dass sie der Teufel hole. Die Gesellschaft ließ das nicht auf sich sitzen und strengte einen Prozess an. Der Hofprediger wurde dazu verurteilt, den Spruch zurückzunehmen.
Beim nächsten Mal verkündete er von der Kanzel: »Ich behaupte nun mehr das Gegenteil: Die Damen der Wiener Gesellschaft sind es wert, dass sie der Teufel hole.«

Ob man sich an andere Geistliche in 200 Jahren auch noch so erinnern wird wie an Abraham a Santa Clara, werden wir nicht mehr erfahren. Zumindest im folgenden Witz sind sie bereits verewigt.

Die ehemaligen Erzbischöfe von Wien, Kardinal Franz König und Kardinal Hermann Groer, und der Bischof von St. Pölten Kurt Krenn stehen vor dem Himmelstor. Zuerst geht Kardinal König rein und nach einer halben Stunde kommt er wieder raus.
»Na und?«, fragen Groer und Krenn, »was hat der Herrgott gesagt?«
»Na ja«, sagt König, »ich muss eine Woche in die Hölle und anschließend darf ich in den Himmel.«
Als Nächster geht Groer durch die Tür. Alle warten und nach zwei Stunden kommt er wieder heraus.
»Na und?«, fragen König und Krenn, »was hat der Herrgott zu dir gesagt?«

»Auweh«, sagt Groer, »ich muss ein halbes Jahr in die Hölle und dann erst darf ich in den Himmel.«
Als Letzter geht Krenn hinein. Nach drei Minuten kommt Jesus Christus heraus.
»Aber Herr, lieber Jesus«, sagen König und Groer perplex, »was machst du denn da? Und wo ist Krenn?«
»Der Krenn ist reingekommen«, antwortet Jesus, »und hat zu mir gesagt, dass uneheliche Kinder im Himmel nichts verloren haben.«

Die Kirche spielt eine wichtige Rolle im Leben vieler Wiener, besonders wenn es um Herzensangelegenheiten geht.

Sagt der Graf Rudi: »Schau, Bobby. So geht das doch wirklich nicht weiter mit dir. Jetzt gehst du schon auf die 40 zu und bist noch immer Junggeselle. Heirat doch endlich!«
Bobby: »Schon, aber wen?«
Rudi: »Wie wär's mit der Komtesse Dubsky?«
Bobby: »Geh, die ist fad.«
Rudi: »No, die Kinsky?«
Bobby: »Die ist mir zu resch.«
Rudi: »Dann nimm dir doch die kleine Kaunitz!«
Bobby: »Die redt zu viel.«
Rudi: »Na, wenn dir gar keine recht ist, vielleicht weißt selber wen.«
Bobby: »No ja, am liebsten möchte ich den Grafen Esterházy.«
Rudi: »Also, das ist wohl vollkommen ausgeschlossen! Der ist doch evangelisch!«

Einige wenige waren allerdings mit den Kirchendienern ganz und gar nicht einverstanden. Ein sehr wortgewaltiger Kritiker war Karl Kraus, der Herausgeber der Zeitschrift »Die Fackel«.

Karl Kraus meinte einmal über den Bundeskanzler und Prälaten Ignaz Seipl: »Ich habe nichts gegen Seipl. Er hat für mich als Politiker nur den einen Fehler, dass er Priester ist, und als Priester, dass er Politik treibt.«

Karl Kraus war bekannt als sehr scharfer Kritiker und Beobachter. Einige seiner Bonmots haben an Gültigkeit nichts verloren.

»Die Bezeichnung ›Familienbande‹ hat einen Beigeschmack von Wahrheit.«

Weitere beliebte Zielscheiben für Witze sind Polizisten, denen zumindest der Volksmund mehr Muskeln als Gehirnschmalz zuschreibt. Sie haben viel mit den armseligsten Teufeln Wiens zu tun, den Sandlern – den »Pennern«. Die harten Überlebensbedingungen lassen sie rasch verwahrlosen. Kein Wunder, dass sich so mancher nicht mehr im Spiegel wiedererkennt und nur ein hässliches und ausgemergeltes Antlitz darin entdeckt, sie bekommen ein »schiaches Gfriss«.

Ein Wiener Sandler durchstöbert die Mülltonnen nach Brauchbarem. Dabei stößt er in einem Kübel auf einen zerbrochenen Spiegel und weicht erschrocken zurück: »Jössas, a Leich!«
Er läuft zur nächsten Polizeistation und meldet: »I hob a Leich g'fundn, in einem Mistkübel, schauts euch das an!«
Die Polizei fährt sofort zum besagten Mistkübel, ein Be-

amter öffnet die Tonne, erbleicht und sagt: »Mein Gott, das ist ja einer von uns!«
Besagter Polizist nimmt den Spiegel als Beweismittel mit, steckt ihn in seine Uniformtasche und vergisst ihn nach Dienstschluss rauszunehmen. Abends dann daheim durchwühlt seine Tochter seine Jacke nach einer kleinen Taschengeldaufbesserung, findet den Spiegel und ruft: »Mama, Mama, der Papa hat eine Freundin!«
Die Mutter eilt herbei, sieht sich den Spiegel an und sagt: »A so a schiache Sau!«

Aber auch die Sandler wissen um die vom Volksmund zugeschriebene Eigenschaft der Polizisten. Das lässt sie manchmal als Gewinner, zumindest auf rhetorischer Ebene, hervorgehen.

Auf der Polizeiwachstube verhört ein Polizist zwei Sandler:
»Wo wohnen Sie?«
»Ich? Nirgends.«
Wendet er sich an den anderen: »Und Sie?«
»Wir sind Nachbarn.«

Und manchmal, aber nur manchmal haben sie auch Glück – und dann will dieses genau bedacht und bewusst ausgekostet werden.

Ein Sandler geht auf der Mariahilfer Straße, findet im Straßenstaub eine silberne 500-Schilling-Münze. Erfreut darüber sinniert er: »Soll ich dich nun verfressen oder versaufen?«
Er wirft die Münze und diese fällt ihm in den Hosenschlitz rein. Darauf seine Reaktion: »Auf dich, du kleiner Depp, hab ich ja ganz vergessen!«

Beliebte Witzfiguren sind die Nachbarinnen von nebenan, die Frau Pospischil oder die Frau Navratil. Hier erkennt man auch ein beliebtes Muster, wie es in vielen Witzarten aus den unterschiedlichsten Ländern gefunden werden kann. Die Grafen Bobby und Rudi als Synonym für geistig minderbemittelte Adelige, Jossele, Kohn, Levy, Grün und so fort als gewitzte oder einfältige Juden, Stirlitz bei den Russen als der schlaue Spion, und eben die aus Böhmen stammenden Wienerinnen Frau Pospischil und Frau Navratil.

Nennt man die Namen, weiß der Zuhörer sofort, was zu erwarten ist, und bereitet sich geistig vor – auf einen Witz. Probieren Sie dieselben Witze mit einem anderen Namen, wie Frau Müller oder Frau Mayer: Der Lacherfolg wird garantiert geringer ausfallen.

Frau Pospischil kommt zu ihrer Nachbarin, der Frau Navratil: »Frau Navratil, ich habe seit einigen Tagen Schmerzen in der Brust. Was soll ich nur machen?«

Frau Navratil: »Schmerzen in der Brust? Ja ist dein Mann so wild?«

Frau Pospischil: »Nein, mein Mann ist überhaupt nicht wild – aber diese Schmerzen in der linken Brust, jede Nacht tut's weh, jeden Tag.«

Frau Navratil: »Na gehst halt zum Doktor, der hilft da sicher.«

Die Pospischil geht darauf zum Doktor. Nach einer Stunde im Wartezimmer wird sie zum Doktor vorgelassen. Sie tritt ein, schließt die Türe, knöpft sich die Bluse auf und zieht den BH aus.

Doktor: »Aber Frau Pospischil, was machen Sie denn da?«

Frau Pospischil: »Herr Doktor, immer diese Schmerzen

in der linken Brust, jede Nacht, jeden Tag, immer tut es weh.«
Doktor: »Aber Frau Pospischil, ich bin doch ein Doktor der Rechte!«
Seufzt die Frau Pospischil: »Alles so kompliziert in Wien. Jetzt braucht ma schon für jede Brust einen eigenen Doktor!«

Regelmäßig trafen sie sich an der Bassena, dem halböffentlichen Wasserbecken in Wiener Mietshäusern, das die Funktion einer Kommunikationszentrale ausübte. Während sich die Mieter geduldig anstellten, um Wasser in die mitgebrachten Gefäße fließen zu lassen, wurden die letzten Neuigkeiten und der interessanteste Klatsch ausgetauscht. Und natürlich auch Beziehungsthemen:

Frau Pospischil und Frau Navratil schauen beim Fenster auf die Straße hinunter um Leute zu beobachten. Auf einmal sagt die Pospischil: »Schau, Navratil, da kommt dein Gatte und bringt dir Blumen!«
Da sagt die Navratil: »Jesusmariaundjosef, da muss ich auf d' Nacht wieder die Füß aufstellen!«
Da meint die Pospischil: »Wieso, hast keine Vase?«

Ähnlich wie eine anschließend vorzustellende bekannte Figur des Wiener Lebens haben unsere beiden böhmischen Frauen Probleme mit der deutschen Sprache und so manchem Fremdwort.

Frau Pospischil kommt aus der Buchhandlung, an der Hand eine Hundeleine mit zwei Pudeln. Frau Navratil kommt des Weges. »Grieß Sie, Frau Pospischil, ham Sie sich besorgt neiche Lektüre?«

»Grieß Sie, Frau Navratil. Nein, die zwei hab ich schon a halbes Jahr ...«

Sehr populär war Frau Pollak von Parnegg, die neureiche Gattin eines geadelten und getauften Wiener Industriellen. Ihr werden viele Aussprüche in den Mund gelegt, die mit ihrer angeblich häufigen Verwechslung der Fremdwörter zu tun haben, dem immer wieder durchdringenden jüdischen Einschlag und dem Anbiedern an die feine Gesellschaft, zu der sie wegen ihres Status auch gehören möchte. Besonders die kreative Verwendung der falschen Fremdwörter im richtigen Augenblick zählt seither zum Repertoire eines jeden fortgeschrittenen Witzerzählers. Hier zum Aufwärmen ein paar Beispiele:

Frau Pollak geht mit einem prächtigen Rassehund spazieren. Ein Bekannter bewundert: »Was für ein herrlicher Hund! Er hat doch einen Stammbaum?«
»Nicht dass ich wüsste. Soviel ich merke, pisst er unter einen jeden Baum.«

Frau Pollak erblickt in der Auslage eines Juweliers ein schönes Brillantendiadem und betritt das Geschäft, um nach dem Preis zu fragen.
»50.000 Kronen!«, sagt der Juwelier.
Darauf Frau Pollak: »Schade! Mein Mann hat mir zwar plein pissoir gegeben, aber das geht über mein Bidet.«

Manchem der vielen Gäste der Pollaks war so viel »Dummheit« allerdings zu dumm. Einer erdreistete sich und warf ihr eine Frechheit an den Kopf und ließ dabei selbst einen Mangel an Benehmen durchschimmern, den unsere Frau Pollak aber charmant und in ihrer bekannten Art bereinigte.

Eines Tages will es ein Gast Frau Pollak so richtig sagen und ruft ihr zu: »Wissen Sie, was Sie sind? Sie sind ein Parvenü!«
Sagt die Frau Pollak: »Jetzt haben Sie sich aber blamiert. Was Sie gemeint haben, ist Paravent, auf Deutsch ›der Affe‹. Aber eigentlich gemeint haben Sie Parmesan!«

Als resolute Ehefrau und Mutter will sie auch die Familie einspannen. Beim gesellschaftlichen Leben sollen alle anwesend sein und auch ja schön repräsentieren.

Frau Pollak will einen Ball geben. Ihr Sohn Leo, ein glänzender Tänzer und Ballarrangeur, ohne den kein Ball richtig gelingt, studiert in Brünn an der Technischen Hochschule. Die Mutter bittet ihn telegrafisch zu kommen.
Er telegrafiert zurück: »Es geht nicht. Ich liege mit Angina im Bett.«
Prompte telegrafische Antwort der Mutter: »Gib ihr sofort 20 Kronen, schmeiß sie hinaus und komm!«

Nur unter ganz bestimmten Bedingungen ist das Erscheinen bei festlichen Anlässen entschuldigt. Aber selbst da ist Frau Pollak ziemlich streng:

Man sucht überall nach Herrn Pollak von Parnegg, ruft im Büro, im Klub, bei Freunden an – er ist nirgends zu finden. Frau Pollak geht ins Schlafzimmer. Da liegt er tot neben dem Bett. Sie läutet dem Stubenmädchen und sagt streng: »Sehen Sie, so räumen Sie auf.«

Die Begebenheit im folgenden Reim könnte durchaus im Pollak'schen Haushalt stattgefunden haben:

Die Hausfrau sagt zur Mitzi, die grad die Fenster putzt,
»Da unten geht, ich bitt Sie, ein junger Mann und stutzt,
der schaut bestimmt nur, ob er Ihr Hoserl sehen kann.«
Die sagt: »Der wird sich giften, ich hab ja gar keins an.«

Sosehr man sich über sie amüsiert hat, so werden ihr auch gelungene Bonmots in den Mund gelegt, die mehr ein Zeichen der damals vorherrschenden Stimmung sind und der Angespanntheit, die geherrscht haben muss.

Ende März 1938, kurz nach dem »Anschluss« ans Reich, verkündet ein Transparent auf der Ringstraße: »Wien ist frei!«
Frau Pollak: »Was, die Deutschen sind schon wieder weg?«

Verlassen wir den Salon der Frau Pollak und begeben uns in die Wiener Musiksalons. Gleich in unserem ersten Witz wurde Wien mit Musik verbunden. Wienern selbst wird das erst so richtig bewusst, wenn sie längere Zeit fern von Wien leben und so nach und nach das Klischee von anderen herangetragen bekommen.

Ein bekannter jüdischer Pianist gibt in einem gräflichen Hause in Wien ein Konzert. Als der Applaus verklungen war, tritt der Hausherr leutselig an den Pianisten heran und sagt: »Ich habe schon Rubinstein gehört ...«
Der Pianist verbeugt sich geschmeichelt. Der Graf fährt fort: »Ich habe auch Serkin gehört ...«
Der Pianist verbeugt sich noch tiefer. Der Graf beendet seinen Satz: »... geschwitzt wie *Sie* hat keiner!«

Das Aushängeschild der Wiener Musik sind eindeutig die Wiener Philharmoniker. Ihr Neujahrskonzert gehört zu den Fernsehsendungen mit dem höchsten Zuschaueranteil weltweit, die Musikdarbietung zum Besten. Der dahinterstehende Erwartungsdruck führt aber durchaus zu Aufregungen, besonders die Bratschisten gelten als die »Burgenländer« unter den Instrumentengattungen.

Die Wiener Philharmoniker spielen das Neujahrskonzert; tippt ein Bratschist seinen Pultkollegen an: »Du, was spielen wir als Nächstes?«
Der zischelt zurück: »Radetzkymarsch!«
»Oh, wie ärgerlich! Den hab ich gerade gespielt!«

Im Speziellen sind die berühmten Dirigenten dieses Orchesters für eine Unzahl an Anekdoten legendär.

Die Dirigenten Karajan, Furtwängler und Böhm sitzen auf einer Wolke und langweilen sich.
»Tja, meine Herren«, meint Furtwängler, »es ist doch wohl klar, dass ich der beste Dirigent bin!«
»Moment!«, meint Böhm, »Moment! Gestern ist mir im Traum unser göttlicher Alleroberster erschienen, der hat auf mich gedeutet und laut gerufen: Du bist der beste Dirigent aller Zeiten!«
Darauf Herbert von Karajan: »Bitte was soll ich da gesagt haben?«

Gegen vorlaute Dirigentenkollegen hat man leichter Mittelchen parat als gegen lästiges Publikum. Gefürchtet sind die Konzerte in den feuchten und kalten Jahreszeiten. Husten, Röcheln, Niesen, Schneuzen und das in hundertfacher Ausführung lassen so manches Konzert auf der

Kippe stehen. Heutzutage sind Mobiltelefone ein weiteres Element im Arsenal der Störenfriede. Manche schaffen es aber ohne Hilfsmittel einfach durch ihre geistigen Gaben:

Karajan dirigiert ein Konzert. Nach ein paar Minuten ruft vorne aus der ersten Reihe ein Mann lauthals: »Ist hier ein Arzt im Saal?«
Karajan dreht sich um, schüttelt den Kopf und lässt weiterspielen. Etwas später wieder das Gleiche. Der Mann schreit: »Ist hier ein Arzt im Saal?«
Nun wird Karajan etwas ungehalten. Trommelt mit seinem Taktstock aufs Pult. Unterbricht aber nicht. Als der Mann nach einer Zeit wieder laut ruft: »Ist hier ein Arzt im Saal?«, unterbricht Karajan die Vorstellung, wendet sich ans Publikum und fragt: »Kann diesem Mann geholfen werden, damit er endlich Ruhe gibt? Ist hier denn ein Arzt anwesend?«
Steht in der letzten Reihe einer auf: »Ja, ich bin Arzt. Was ist denn?!«
Ruft der Schreihals: »Ist das nicht ein herrliches Konzert, Herr Kollege?!«

Auch viele Komponisten wussten die Wiener Philharmoniker zu schätzen.

Richard Strauss dirigierte zu seinem 80. Geburtstag mit den Wiener Philharmonikern ein Festkonzert. Gerührt meinte er anschließend: »Kinder, es is wirklich schad, dass ich euch nicht mit ins Grab nehmen kann. Wir könnten dort so schön weitermusizieren.«

Wenn wir schon bei der Kunst sind, muss man auch die

Kritiker erwähnen, eine gefürchtete Gattung Mensch. Egal in welchen Kunstrichtungen sie kritisieren, im Vergleich zu ihnen werden Polizisten, Beamte und Oberlehrer als reinste Sympathieträger angesehen.

In Wien verstarb ein bekannter Kritiker in Armut. Richard Strauss wurde von einem Freund des Verstorbenen gebeten, so wie es andere Musiker und Kollegen bereits getan haben, 50 Kronen für das Begräbnis zu spenden. Richard Strauss überreichte 100 Kronen und sagte: »Damit können Sie zwei Kritiker begraben.«

Wodurch haben Kritiker das verdient? Etwa durch Zeitungsmeldungen wie diese?

Kürzeste Zeitungskritik: »Claudia M. gab im Wiener Musikvereinssaal ein Konzert am Klavier. Warum?«

Egal ob Musik, Malerei, Literatur oder Theater: Kritiker gibt's überall. Und sie beschränken sich in ihrer Kritik nicht nur auf die Werke selber, sondern ziehen auch die Privatleben der Künstler in die Kritik ein. Wenn auch manchmal sehr schlagfertig – und zu Recht.

Hans Liebstöckl war zur Zeit des großen Schauspielers und Regisseurs Max Reinhardt ein berühmter Wiener Theaterkritiker.
Max Reinhardt, der den barocken Pomp nicht nur auf der Bühne, sondern auch in seinem privaten Leben liebte, gab in seinem bei Salzburg gelegenen Schloss Leopoldskron einen großen Empfang. Zwischen Dienern, die Fackeln hielten, empfing Reinhardt seine Gäste auf der Freitreppe.

Sein Freund Liebstöckl fährt vor, steigt aus, stutzt und begrüßt Max Reinhardt: »Wos is, Max, Kurzschluss?«

Bei Reinhardt hat es sicher nicht nur ein einfaches Büffet mit ein Paar kalten Würsteln und Aufstrichen gegeben. Die »Wiener Würstchen« bilden eine eigene Kategorie von Witzen. Die Wiener Würstchen, die in Wien und im restlichen Österreich »Frankfurter« heißen, wurden von einem in Bayern geborenen und nach Wien ausgewanderten Fleischhauer (wienerisch für Metzger) erfunden. Johann Georg Lahner hieß dieser Mann, der 1772 in Gasseldorf geboren wurde und im Zuge seiner Walz als »Aufhackknecht« nach Wien kam. Dort präsentierte er dann im Mai 1805 zum ersten Mal diese neuartige Wurstmischung. Er benannte sie in Erinnerung an seine Lehrjahre in Frankfurt als »Frankfurter«.
Sie wurden so populär, dass sie zuerst in Wien und schließlich auch in anderen Ländern bekannt wurden und man sie dort nach der Herkunft der Wurst als »Wiener Wurst« bezeichnete. Vom Schriftsteller Adalbert Stifter wird sogar erzählt, dass er sich regelmäßig per Postkutsche Frankfurter aus Wien nach Linz bringen ließ.
Anhand der verwendeten Begriffe in den folgenden Witzen kann man somit leicht erkennen, dass sie nicht in Wien spielen, aber irgendwie doch damit verbunden sind.

Ein Mann vom Land kommt mit dem Zug zum ersten Mal in die Großstadt. Als er aus dem Zug steigt, sieht und hört er einen Mann mit einem umgehängten Blechkasten auf dem Bahnsteig auf und ab gehen und rufen: »Heiße Wiener! Heiße Wiener! Heiße Wiener!«
Er geht auf ihn zu, schüttelt ihm die Hand und sagt: »Freut mich, ich heiße Müller.«

Selbst am Mars kennt man Wiener:

Sagt ein Marsmensch zum anderen: »Wie war dein Besuch auf der Erde?«
»Schrecklich. Überall sind Kannibalen. Man verkauft Wiener und Frankfurter. Besonders gerne werden Hamburger gegessen.«

Dass bei der schmutzigen Fantasie manches Zeitgenossen die Wiener Würstchen auch manchmal mit einer zweiten Bedeutung aufgeladen werden, versteht sich praktisch von alleine:

Ein Arzt hat hinter dem Rücken seiner Frau ein Verhältnis mit seiner Krankenschwester. Als sie ihm eines Tages beichtet, sie sei schwanger, gibt er ihr Geld und schickt sie für einen langen Urlaub in eine Klinik in den Schwarzwald. Dort soll sie unbemerkt und in aller Ruhe ihr Baby bekommen.
»Wie soll ich dich denn wissen lassen, wenn das Baby geboren ist?«
»Ganz einfach«, sagt der Doktor, »schick mir eine Karte von der Klinik und schreib drauf, du hättest eine Portion Sauerkraut gegessen. Ich werde dann auch finanziell für das Baby sorgen.«
Gesagt, getan. Als die Zeit der Entbindung gekommen ist, kommt auch tatsächlich eine Postkarte, der Arzt nimmt sie an sich, liest sie durch und fällt tot um.
Seine Frau wird sofort angerufen, sie eilt ins Krankenhaus und liest, nachdem sie den ersten Schock überwunden hat, weinend die Karte mit dem überaus netten Urlaubsgruß aus dem Schwarzwald: »Hallo Dr. Feger. Hier ist es wunderschön. Herrliches Wetter, nette Leute und gutes

Essen. Heute gab es Sauerkraut, Sauerkraut, Sauerkraut. Zweimal mit Wiener, einmal ohne!«

## Quellenangaben

Birkmayer, Walther; Heindl, Gottfried: *Der liebe Gott ist Internist oder Ärzte in Geschichten und Anekdoten*; Paul Neff Verlag 1978

Böhm, Maxi: *Maxi Böhm's Lach-Party*; Fontana

Heindl, Gottfried; Higatsberger, Michael: *Dem Ingenieur ist nichts zu schwer oder Technik und Industrie in Anekdoten*; Paul Neff Verlag 1982

Landmann, Salcia: *Jüdische Witze*; dtv 1994

Torberg , Friedrich: *Die Tante Jolesch*; dtv 1988